異世界遊郭物語

〜銀狐王の寵愛〜

CROSS NOVELS

櫛野ゆい

NOVEL:Yui Kushino

八千代ハル

ILLUST:Haru Yachiyo

CROSS NOVELS

CONTENTS

CROSS NOVELS

CONTENTS

異世界遊郭物語

～銀狐王の寵愛～

Story
櫛野ゆい

Illust
八千代ハル

CROSS NOVELS

高い空に、薄雲がたなびいている。

墓石の前に置いた小さな写真に向かって手を合わせて、悠人《ゆうと》は心の中で呟いた。

(父さん、母さん、いつも見守ってくれてありがとう。僕はこっちで元気にやってます)

写真には十年前に亡くなった両親と、当時八歳だった悠人が写っている。

左右から両親に抱きしめられ、満面の笑みを浮かべた幼い頃の自分を見つめる悠人の隣で、被っていた帽子を取り、同じように手を合わせた幼なじみの大和《やまと》がふうとため息をついた。

「おじさんとおばさんが亡くなって、もう十年か。早いよな、ほんと」

「本当だね。……今年もお墓参り付き合ってくれてありがとう、大和」

同い年の大和とは、両親が亡くなって親戚に引き取られるまで家が隣同士だった。離れてもずっと連絡をくれるばかりか、毎年こうしてお墓参りにも付き合ってくれる彼は、悠人にとって誰よりも大切な友人だ。

お礼を言った悠人にニッと笑って、大和が帽子を被り直しながら立ち上がる。

「水くさいこと言うなよ。俺もおじさんたちにはいっぱい遊んでもらったしな。……それに」

ニヤ、と悪戯っぽい笑みになった大和が、先ほど悠人がお墓の前に供えたものを見て言う。

「悠人の稲荷寿司《いなりずし》も、毎年楽しみだし」

「あはは、大和はすぐそれだね」

食い意地の張っている幼なじみに相変わらずだなあと苦笑して、悠人はパックに詰めてきた稲荷寿司を見やった。

両親の好物で、休日には三人でよく一緒に作っていた稲荷寿司は、毎年恒例のお供えものだ。たくさん作って、お墓参りの後に大和と一緒に食べるのがお決まりだった。

「天気もいいし、今年も公園で食べて行こうか」

「だな。あー、腹減った」

下腹をさする大和に笑いつつ、もう一度お墓に手を合わせて立ち上がる。写真をお財布に入れてポケットにしまい、蜜柑《みかん》やお茶など、持ってきた他のお供えものも回収して、悠人は大和と連れ立って霊園を出た。

公園へと続く銀杏《いちょう》並木はちょうど紅葉の季節で、歩道にはすっかり黄色い絨毯《じゅうたん》が敷きつめられている。ハラハラと舞う落ち葉が一枚、その絨毯に加わるのを眺めながら、悠人はゆっくりと歩みを進めた。

――悠人の両親は、十年前の今日、交通事故で亡くなった。三人で散歩をしている時に、居眠り運転のトラックが歩道に突っ込んできたのだ。

あの瞬間は、今も忘れられない。

猛スピードで目の前に迫ってくる大きなトラック、驚きのあまり硬直してしまった自分に悲鳴を上げて駆け寄ってくる両親。

守るように二人に抱きしめられた瞬間、耳に突き刺さった急ブレーキの音、衝撃――。

――病院で目を覚ました悠人は奇跡的にかすり傷ですんだけれど、両親はすでに帰らぬ人となっていた。そして悠人は、隣町に住む母の姉の家に引き取られたのだ。

「……にしても悠人、本当に大学行かないのか？　奨学金とか、先生からも勧められてるんだろ？」

隣を歩く大和にそう聞かれて、悠人はのんびりと笑った。

「勧められたけど……、でも、これ以上伯母さんに迷惑かけられないから」

「迷惑って……、いつも言ってるけど、それ絶対悠人が責任感じることじゃないからな」

大和が憤ったように言うのは、悠人が伯母に厄介者扱いされているのを知っているからだ。分かってるよと頷いて、悠人は俯《うつむ》いた。

離婚して母子家庭の伯母の家には、二人の娘がいる。悠人を挟んでちょうど二つ上と二つ下の彼女たちもまた、悠人のことをあまりこころよく思ってはいない。

というのも、悠人の両親が莫大な借金を残し、それを肩代わりせざるを得なくなったからだ。しかしそれはそもそも、母方の祖父が事業に失敗して抱えた負債であり、長女である伯母が支払いを拒んだため、母が背負っていた借金だった。

両親の事故の賠償金でその大半は返済することができたが、まだ支払いは残っており、加えて悠人の養育費もかかるようになった。たまには娘たちに贅沢させてあげたいのに、と毎日のようにため息をつく伯母に、進学したいなんてとても言えない——。

俯いたままの悠人に、大和が不満そうに言う。

「悠人、この間試しに受けた模試、いいとこ行ったって言ってたじゃん。せっかく頭いいのに勿体ないって」

俺なんか未だに判定ヤバいんだぜと唸《うな》る大和に、そこは頑張れと笑って、悠人は答えた。

「模試はたまたまだよ。最初から進学しないつもりで受験対策もしてないし、今更だって。奨学金受けたら、またそれも返していかなきゃいけなくなるし」

「そうかもしれないけどさ……」

でもさあ、となかなか納得してくれない大和に、悠人は静かに言った。

「心配してくれてありがとう、大和。でも大丈夫だよ。今のアルバイト先のオーナーが卒業したらうちに来いって言ってくれてるから、このままお世話になろうと思ってるんだ」

返済の足しにしてもらおうと中学生の頃から続けている早朝の新聞配達に加えて、高校に上がってからは近所のレストランでアルバイトをしている。賄《まかな》い付きという言葉に引かれて始めたアルバイトだが、家族経営の町の洋食屋さんはスタッフもお客さんもとてもあたたかくて、居心地がいい。

(この間はボーナスももらえたから、大和に誕生日プレゼントも買えたし)

今日大和が被っている帽子は、一ヶ月前の彼の誕生日に悠人が贈ったものだ。高校生には少し大人っぽいデザインかなと思ったが、普段から服装に気を遣っている大和は見事に被りこなしてくれていて、とてもよく似合っている。

「調理補助に入るようになってから料理のレパート

リーも増えて、伯母さんも喜んでくれてるんだ。お弁当も、皆残さないでくれるようになったし……」

少しでも伯母の助けになればと思い、数年前から食事や弁当の準備は主に悠人が担当している。母の手伝いをよくしていて、料理が好きだったから始めたことだが、彩りや栄養のバランスを考えて一生懸命作った料理を残さず食べてもらえるようになったことは、なによりも嬉しい。

「卒業したら本格的に厨房に入らせてもらえるから、それも楽しみなんだ」

悪いことばかりではないのだと笑った悠人だが、大和は渋い顔で唸る。

「お前の考えは分かった。けどさ、それって現状、食事も弁当もその後片付けも、全部悠人に押しつけてるってことだよな」

「……そんなことないよ。僕が自主的にやってるだけだから」

少し間が空いてしまったのは、さすがにこの状況が普通ではないという自覚があるからだ。アルバイトと家事に明け暮れている悠人に自由な時間などほぼなく、伯母に引き取られてからは友達と遊んだこともほとんどない。

自分の人生は人より少し、歪んでいる。

(でも、我慢しないと。僕は伯母さんに迷惑をかけてるんだから)

両親が亡くなってしまったのも、伯母の厄介にならなければならないのも、自分にはどうしようもないことだ。どうしようもないことをどうにかしようと足掻《あが》いても、相手を不快にさせるだけだ。

だったら自由なんて最初からないものと諦めて、仕方がないと全部呑み込んで、我慢するほかない。

ずっとそうして生きてきたのだ。今更どうということはないと、そう思って笑った悠人の考えを見透かすように、大和が唸る。

「お前はそう言うけどさ、いくらなんでもおかしいって。まさかと思うけど、掃除とか洗濯も……」

「せ、洗濯はさすがに！　ほら、皆女性だし」

以前、下着には触られたくないと言われたので、悠人は自分の分の洗濯だけ、晴れた休日にまとめてしている。そう言った悠人に、大和はますます眉間に皺《しわ》を寄せた。

「洗濯はってことは、掃除は悠人がしてるんだな?」

「……えっと」

「お前なあ、それで高校出て就職したら、余計こき使われるに決まってるじゃないか」

「そ、そんなことないってば。ある程度お金が貯まったら一人暮らしするつもりだし」

伯母の家を出ることは、もう随分《ずいぶん》前から心に決めている。家事がつらいからではなく、自分が伯母から嫌われているのを知っているからだ。

子供の頃は分からなかったが、どうやら伯母は妹である悠人の母のことを嫌っていたらしい。中学に上がった頃から、年々あの子そっくりになっていくわね、と嫌そうに言われるようになっていた。

おっとりとした少し眠そうな目元や笑い方、小さめの鼻やふっくらとした唇と、悠人は母によく似た中性的な顔立ちをしている。体格は父に似て小柄で、同級生と比べても薄っぺらい、頼りない体つきをしていた。

男という性をあまり感じさせない悠人だが、それでも伯母たちは悠人のことを毛嫌いしている。父に親戚はなく、悠人の親類はもう伯母たちだけだから嫌われるのは少し寂しいけれど、自分が迷惑をかけているのは事実なので、仕方がない。

(僕は父さんと母さんに助けられて、ここにいるんだ。二人の分まで、幸せにならなきゃ)

自分の境遇を悲観し、不幸を嘆いてばかりでは、両親が命がけで自分を守ってくれた意味がない。

悠人は顔を上げると、明るい声で続けた。

「卒業したら今よりもっと稼げるだろうし、そしたら借金も僕が直接返していけると思うんだ。伯母さんにも、これまで負担してもらった分をなるべく早く返したいし」

「だからそれは、悠人が返す必要は……」

言いかけた大和が、途中ではあとため息をつく。

「あー、なんか堂々巡りな気がしてきた。悠人、昔からのほほんとしてるのに頑固だもんなあ」

「……ごめん」

「謝るなよ。俺になんかできることあれば遠慮なく言えよ。金……、は貸してやれないけど、それ以外ならなんでもしてやるから」

毎月小遣いが足りず、月末には悲鳴混じりのメールをくれる幼なじみに笑って、悠人は頷いた。

「あはは。うん、ありがとう。頼りにしてる」

いざという時に相談できる友人がいる。

それが悠人にとってどれだけ心強いか、きっと大和は分かっていないだろう。

(……いつもありがとう、大和)

いつか彼が困った時には、今度は自分が力になりたい。そう思いながら心の中でも大和にお礼を言った悠人だったが、そこで、道の向こうからやって来る家族連れに気づく。

「パパ、ママ、はやく!」

両手でボールを抱えて走ってくる女の子は五歳くらいだろうか。後ろから若い夫婦が声をかける。


「待って、梨沙《りさ》。あんまり先に行かないで」

「梨沙、そこでストップだよ。パパたちのこと、ちょっと待ってて」

公園に行ってきた帰りなのだろう。微笑ましいなと思った悠人だったが、その時、女の子の手からボールが零れ落ちるのが見えた。

「あ!」

慌ててボールを追いかけた女の子が、歩道から下りようとする。

自分たちの後ろから車が来ていることに気づき、悠人は息を呑んで駆け出した。

「っ、危ない!」

「悠人⁉」

荷物を放り出した悠人に大和が驚く。同時に、女の子の両親が車に気づいて真っ青になった。

「梨沙!」

叫んだ父親が走り出し、母親もその後を追う。

きょとんとして道路の真ん中で立ちどまった女の子に、悠人は無我夢中で駆け寄った。

「……っ！」

小さな体を抱きしめ、振り返った悠人の目に、携帯を片手に握りしめ、慌てた表情の運転手が映る。

耳をつんざくようなブレーキ音に、悠人はぎゅっと目を瞑《つむ》り、背を丸めて力いっぱい女の子を抱きしめた——。

ドンッとぶつかった衝撃で、悠人はその場に尻餅をついた。

「……っ！」

「なにをやっているんだ、この馬鹿者！」

途端に怒号が飛んできて、悠人は真っ青になる。

「す、すみませ……、っ！」

慌てて謝ろうとした悠人の腕に、バシッと鞭《むち》が振り下ろされる。その衝撃でかろうじて抱えたままだった籠が転がり落ち、中に入っていた人参《にんじん》が中庭にばらまかれてしまった。

「あ……！」

ごろごろと地面を転がる人参を、廊下から手を伸ばして拾い上げようとする。と、その手の甲にもすかさず鞭が飛んできた。

「っ！」

「なにをしている！　お前、まさか一度落ちたものをお客様にお出しするつもりか⁉」

「え……、で、でも、洗えば……」

ちょうど厨番《くりやばん》に頼まれて、料理に使う人参を裏の井戸で洗いに行くところだったから、洗えば問題はないだろう。悠人はそう思ったが、男はその答えを聞いてますます激昂する。

「うちはこの花街一の見世《みせ》なのだぞ⁉　そのような卑しい真似ができるか！」

キーキーと甲高い声でがなり立てた和服姿の男の頭には灰色の小さな丸い耳が生えており、その腰からは長い尾が生えている。

「本当にお前ときたら、耳ナシの上にこうも粗雑とは……！　呆れてものも言えんわ！」

「……っ、すみません」

廊下の曲がり角で出会い頭にぶつかってしまったのは悠人にも非があるが、人参を落としてしまったのは男に鞭打たれたせいだ。しかし、そんな反論など許されるはずもない。

悠人は大人しく目を伏せ、男に謝った——。

——悠人が車に轢《ひ》かれてから、数日が経った。

あの日、気づくと悠人は全身ずぶ濡れで、土間のようなところに転がされていた。

（………、ここ、は……？）

　薄暗いそこは、まったく見覚えのない場所だった。古めかしい日本家屋のようで、天井の梁《はり》や柱は木造、土間の奥には竈《かまど》がいくつか並んでいる。

（僕……、どうして……）

　身を起こそうとするが、体が鉛のように重く、あちこち打ちつけたように痛む上、ひどくだるい。まるで風邪で寝込んでいる時のような倦怠感に呻きつつ、悠人は覚えている限りの記憶をどうにか引き出そうとした。

（確か、大和と一緒に行ったお墓参りの帰りで……、そうだ、僕、車に……！）

　思い出した途端に恐怖が込み上げてきて、肩が強ばってしまう。

　迫る車、鼓膜に突き刺さるようなブレーキ音、驚いて声も出ない様子だった、小さな女の子……。

（確かリサちゃんだっけ、あの子は……）

　バンッという大きな衝撃の後、薄れゆく意識の中で、女の子が自分の腕から抜け出し、両親の元へと走っていったのを覚えている。

　無事だったんだ、よかった、そう思ったところでフッと視界が暗くなって――。

（僕、助かったのか……？）

　女の子が無事だったことはかろうじて覚えているけれど、自分がどれほどの怪我をしたのかまでは覚えていない。痛みや苦しみを感じていたような気もするけれど、そういった感覚はどうしてかぼんやりしていて、よく思い出せなかった。

　だが、あれほどの衝撃があったのだ。庇った女の子はともかく、自分が無傷なはずがない。

　死んでいてもおかしくないというのに――、不思議なことに、悠人の体にはどこにもかすり傷一つなかった。

（なんで僕、無傷なんだ……？　大和は？　……ここは？）

　病院のベッドの上に寝かされていて、大和が近くにいるという状況ならともかく、どうして自分はこんなところに一人でいるのか。

悠人がきょろきょろと辺りを見回したその時、どこからか男の声が漏れ聞こえてきた。

「……今月の分だ。うまく捌けよ、浮島《うきしま》」

「はい、それはもうもちろん」

どうやら声は土間を上がったところにある、障子で閉め切られた部屋から聞こえてきているらしく、低く太い声に続いて、キーキーと甲高い声がする。

誰かいるのか、ここはどこなのか聞いてみようかとそっと障子に近づき――、悠人は息を呑んだ。

（え……）

わずかに開いた障子の隙間から見えた部屋は畳敷きの和室で、二人の男が座していた。部屋の奥で胡座《あぐら》をかいて煙管《きせる》を吹かしている大柄な男は正面を向いており、その向かい、こちらに背を向けて小柄な男が正座している。

二人はどちらも時代劇で見るような和服姿だったが、驚いたことに大柄な男の頭には獣のような黒く丸い耳が、小柄な男には灰色の小さな耳と、そして細く長い尻尾が生えていたのだ。

（耳と……、尻尾？）

なにかのコスプレだろうか、と思った次の瞬間、目の前で小柄な男の腰から生えたその尻尾がくるりと丸まる。驚愕に目を瞠《みは》った悠人には気づいていない様子で、小柄な男――おそらくこちらが先ほど浮島と呼ばれていた方だろう――が、キーキーとまた甲高い声を上げた。

「しかし最近次々に摘発があって、やりにくいことこの上ありませんよ。どうにかなりませんか、不知火《しらぬい》様」

「なに言ってやがる。そこをどうにかすり抜けるのがお前の仕事だろうが」

「そ、それは重々分かっているのですが……」

眉を寄せて唸った不知火に、浮島が狼狽える。どうやら二人の力関係は、不知火が浮島を圧倒しているらしい。

浮島の顔は分からないが、不知火は骨太でがっしりした体格をしており、額から頬にかけて走っている傷といい、鋭い眼光といい、とてもただ者とは思えない迫力があった。

よく見ればその背後には浮島よりも太く長い、大型の猫科動物のような尻尾が生えている。畳の上でゆっくりと上下する尻尾に、悠人は愕然としてしまった。

（……なんだ、あれ）

ただのコスプレで、あんなふうに尻尾が動くことがあるのだろうか。まるで本物の動物のように、自由自在に動いているように見える——。

尻尾を凝視している悠人をよそに、不知火が煙管を吹かしながら言う。

「とはいえ、上が暁《あかつき》の野郎に代わってから、役人共の動きも油断ならねぇからな。俺の方でもなにかしらの手は打つつもりだ」

「は、はい。よろしくお願いいたします」

「お前の方でも、怪しい動きをする奴がいないかどうか、十分気をつけておけ。……なにかあったら、すぐ知らせろ」

いいなと言い置いた不知火に分かりましたと頷いて、浮島がふと思い出したように言う。

「ああ、そういえば、先ほど川べりで拾ったあの小僧はいかがしましょう。おそらく例の『耳ナシ』なのでしょうが、噂通り本当に耳も尾もないとは、なんとも薄気味の悪い小僧でしたが……」

「だが、顔はそこそこ整ってたじゃねぇか」

ニヤ、と笑った不知火が、浮島に言う。

「せっかくだ。お前んとこの花籠《はなかご》で使ってみろ」

「……ご冗談でしょう?」

一拍置いて、浮島が困惑したように問い返す。

「あのような耳ナシ、好きこのんで買う客がいるとは思えません。花籠に置くに相応しいとは到底……」

「ああいう色モノこそ、当たれば大金を稼ぐもんだろ。別の世界から来た色子なんて物珍しいもん、逃す手はねえだろうが」

「それは……、ですが……」

尚も渋る浮島に、不知火が鼻白んだように言う。

「売れなきゃ下働きでもなんでもさせりゃいいだろ

う。万が一上客を摑まえてきたら……」

「例のものを、でございますね。承知致しました」

不知火の言葉の続きを引き取った浮島が、そういうことでしたら、と頭を下げる。しかしその言葉とは裏腹に、彼の細い尾は不知火から見えないところで不満そうに畳を打っていた。

苛立ったように速いリズムを刻んでいる浮島の尾をまじまじと見つめながら、悠人は首を傾げる。

（耳ナシって……、もしかして僕のこと？　別の世界って……）

先ほど不知火は自分を、別の世界から来たと言った。一体どういうことだろうと不思議に思いつつ、とにかく今のこの状況を知るためにも彼らの話をもっと聞いてみようと耳を澄ませる。

しかし、二人の話題は他に移っていってしまったようだった。

「それで、肝心の見世の方はどうなんだ。客足は変わりねぇか」

「はい、おかげ様で。鈴蘭《すずらん》がいる限り、うちは安泰ですよ。最近ですと、紫苑《しおん》という色子もなかなか人気がありましてね。実は……」

笑みを滲ませた浮島の声が小さくなる。よく聞こえない、と思わず身を乗り出した拍子に、悠人が膝をかけていた板の間がギシッと嫌な音を立てた。

「……誰だ！」

不知火が鋭い声を上げると同時に、目の前の浮島が慌ててこちらを振り返り、障子を開け放つ。

「あ……、僕……」

逃げる間もなくその場に尻餅をついた悠人の目の前に、不知火が歩み寄ってくる。

仁王立ちで悠人を睥睨《へいげい》するその瞳は、人間のそれとは明らかに異なる金色に輝いていて――。

（……結局あの後、なにも聞いていない、今目が覚めたばかりだってシラを切り通したけど……）

くどくどと甲高い声で悠人を叱責し続ける浮島の前で、悠人は正座してうなだれていた。

――数日前、車に轢かれたはずの悠人が目を覚ましたのは、獣の耳や尻尾を持つ人間、いうなれば獣人が暮らす世界だった。

改めて目の当たりにした浮島たちの容貌に驚いた悠人だったが、どうやらここは悠人がいたのとは別の世界で、誰もが例外なく耳や尻尾を持って生まれてくるらしい。浮島が悠人を耳ナシと言ったのもそのせいで、浮島は鼠《ねずみ》、不知火は黒虎の獣人ということだった。

命を救ってやったのだから私の見世で働けと言う浮島に、半ば引きずられるようにして屋敷を出た悠人は、外の様子を見てまた愕然としてしまった。そこには、まるで時代劇のような町並みが広がっていたのだ。

地面は土が剥き出しで、家屋はいずれも木造の瓦《かわら》屋根《やね》。左右の屋敷はどうやら商店らしく、提灯やつり下げ式の看板に店名が書いてあり、出入り口は暖《の》簾《れん》のかかった障子か、色硝子のはめ込まれた戸だ。行き交う人々はほとんどが和服姿で、洋装の者は数えるほどしかおらず、それも燕尾服《えんびふく》やシャツの上に着物を着ているような、古めかしい格好をしている。

そしてなにより驚いたことに、どの人も髷《まげ》こそ結っていないものの、様々な動物の耳や尻尾が生えていたのだ。

荷物を包んだ風呂敷を抱えて歩く犬耳の少女、腰に刀を差している馬尻尾の武士、熊耳の男が引く人力車に乗った、豚耳の商人――。

まるで夢の中に迷い込んでしまったかのような外の様子に驚きっぱなしの悠人をせき立てて浮島が向かったのは、表通りに面した座敷が格子窓になっている屋敷だった。『花籠』という提灯が下げられたその見世は、男色専門の郭《くるわ》――、遊郭《ゆうかく》だったのだ。

「そもそもうちに来てもう何日にもなるというのに、ただの一人も客を摑まえられないとは、一体どういうことだ」

「……すみません」

不満そうな浮島に、悠人は大人しく謝った。

この世界の獣人は、悠人が元いた世界の人間よりも体格がいい者が多いようだが、浮島は小柄で、背丈も悠人とそう変わらない。力に訴えれば勝てないこともないだろうが、それでも悠人は浮島に抗いはしなかった。否、できなかったのだ。

――悠人を花籠に連れてくるなり、浮島は他の色子たちと同じように客を取れと言い渡した。見世を訪れる獣人に体を売れ、その金がお前の命の値段分貯まったら解放してやる、と。

悠人があまりの事態に驚き、そんなことできませんと拒むと、浮島は下男たちに命じて悠人を縛り上げ、真っ暗で狭い部屋に押し込めた。

隙間風のひどいその部屋で、悠人は食事も水も与えられず、ただひたすら寒さと恐怖に震えていた。このままここで死ぬまで放置されるのではないかと思うと怖くて怖くて、悪い夢なら覚めてほしいと何度も願って、――けれど寒さも餓《う》えも、なにもかも現実で。

二日も経った頃だろうか。助けてと叫ぶ声も嗄れ果てた悠人の前にようやく現れた浮島は、見世に出て客を取るなら衣食住は保証してやると持ちかけてきた。

このまま死にたくはないだろう、それに比べたら体を売ることくらいなんてことはないはずだ。そう言われて、悠人は朦朧《もうろう》とした意識の中、分かりましたと頷いてしまったのだ。

けれど、他の色子たちと同じように化粧を施され、色鮮やかな着物を着せられて座敷に出された悠人を買う客は誰もいなかった。

どうやらこの世界では、耳や尻尾によってある程度ステータスが決まっているらしい。浮島のように金がある商人は別だが、基本は肉食獣など力の強い獣の獣人の方がより魅力的と考えられているらしく、色子たちは愛らしい小動物の獣人が多かった。

そんな中、耳も尻尾もない悠人は気味が悪いと言われるのがせいぜいで、まだ一度も客を取れていない。色子仲間から聞いた話では、この世界にはまれに悠人のように異世界から飛ばされてくる者がいるようで、そういった者は『耳ナシ』と呼ばれて蔑まれているらしい。不知火に命じられたとはいえ、浮島はその耳ナシである悠人を見世に置くことを嫌がっており、売れない悠人に日に日に苛立ちを募らせている様子だった。

しかし悠人は、浮島からなにかと言動を咎《とが》められ、鞭打たれてもじっと耐え続けていた。それもこれも、他に行く場所がないからだ。

（男に抱かれるなんて嫌だけど……、でもここにいれば、とりあえず寝る場所と食べ物の心配はしなくていい……）

とはいえ、眠れるのは朝方の数時間で、食事は日に二度。それも小さなおにぎりと味噌汁に漬け物が数切れという有り様だ。

他の色子は座敷で客にうまくねだって料理を注文させ、そこで空腹を満たすのだが、客のつかない悠人には最低限の食事しか与えられない。だがそれでも、他に行く宛てのない悠人は逃げ出すこともできなかった。

もちろん、この状況が非人道的なものであることは分かっているし、逃げ出せるものなら逃げ出したい。男として生きてきて自分が抱かれる側に回るなんて今まで考えたこともなかったし、それに客の獣人たちは皆体格がよくて威圧感があり、怖くてたまらない。

けれど、花籠があるこの花街は高い塀で囲われており、容易には逃げ出せないようになっている。それに、万が一捕まってまたあんな思いをしたらと考えると、どうしても恐怖で身がすくんでしまった。

（『耳ナシ』の僕はこの世界では目立ってしまうし、うまく逃げおおせたとしても、僕を雇ってくれるようなところが見つかるとは思えない……）

結局自分は、ここにいるしかないのだ。

だが、このまま客を取れなければ、いつまで経っても花街から抜け出すことはできない。おそらく浮島は、自分が命を救ってもらった代償分稼ぐまでは、なにがあっても解放してくれないだろう。

（……もしかしたら、一生……）

最悪の想像にぎゅっと唇を噛んだ悠人を見下ろし、浮島が手の中でトントンと鞭を遊ばせる。

「まったく……、いつまでもそういう辛気くさい顔をしているから、客がつかないんだろう」

「………」

「少しは愛想良く笑えないのか、この耳ナシが。本当に腹の立つ……！」

「……っ」

苛々と甲高い声を荒らげた浮島が、再び鞭を振り上げる。と、その時、悠人の前に飛び出してくる人影があった。

「やめろよ、おっさん！」

「っ、リン……！」

くるくるとした薄い色の髪、小さな焦げ茶色の耳と先の丸まった縞模様の尻尾を持ち、少し大きめの前歯が愛らしいその少年は、悠人と同じ色子の一人で栗鼠《りす》の獣人、リンだった。

「色子に傷つけるなんて、あんたバカなのか⁉」

「なんだと⁉」

「こんなの、楼主《ろうしゅ》のすることじゃないって言ってんだよ！」

目を剝いた浮島に、リンが負けじと食ってかかる。

悠人は慌ててリンをとめようとした。

「リ、リン、駄目だよ、そんな……！」

庇ってくれて嬉しいけれど、このままではリンが鞭打たれてしまいかねない。自分のせいで彼に痛い思いなんてさせたくない。

「そもそも、僕がちゃんとお客さん取れないのが悪いんだから……！」

「違うだろ！　どう考えたって悪いのこいつじゃん！　いっつも悠人のこと目の敵にしてさ！」

大きな瞳を怒りに尖らせるリンに、浮島が真っ赤な顔でわなわな震え出す。

「貴様、楼主の私になんという口を……！」

怒りが沸点を超えたのだろう。キーキーと甲高い声を上げた浮島が、二人に向かって鞭を振り下ろそうとする。

「そこに直れ！　二人とも仕置きして……！」

「……楼主様」

しかしそこで、穏やかな声が浮島を遮《さえぎ》る。

羽根のようにふわりと響いたその声は、優しく穏やかでありながら耳を傾けずにはいられない、不思議な音色をしていた。

声の主を振り返った浮島が、虚を突かれたようにピタリと動きをとめる。

「鈴蘭……」

「そのように力任せにされては、楼主様もお手を痛めてしまわれます」

す、と衣擦れの音も涼やかに浮島に歩み寄ったのは、美しい薄桃色の髪に、真っ白な長い垂れ耳の兎《うさぎ》の獣人、花籠一の売れっ子である鈴蘭だった。

「さぞかしお腹立ちでしょうが、ここは私に免じてお許し下さいませんか？　二人には私から重々注意しておきますゆえ……」

にこやかにそう言いつつ、鈴蘭がそっと浮島の手を取り、鞭を下げさせる。

「私もここに来たばかりの頃は勝手が分からず、楼主様にさんざんご迷惑をおかけしました。この子たちも、まだこの花街に慣れておらぬだけなのです。ですから、どうか」

「……そなたがそこまで言うのならば、致し方あるまい」

鈴蘭の説得に、浮島が渋々といった表情を浮かべて引き下がる。ありがとうございます、と丁寧に頭を下げた鈴蘭に着物の陰でそっと合図されて、悠人は慌ててリンを促した。

「申し訳ありませんでした、楼主様。……リン」

「……すみませんでした」

ぶすっとした表情ながら、リンも形だけは浮島に謝る。フン、と鼻を鳴らした浮島がその場を去ってから、鈴蘭がふうと深いため息をついた。

「……リーン」

「……オレ悪くないもん」

唇を尖らせるリンをくるりと振り返って、鈴蘭が柳眉《りゅうび》を寄せる。

「正しいかどうかじゃないんだよ、こういう時は。もっとやり方を考えて立ち振る舞わなきゃ。そのくらい、リンだって分かっているだろう？」

「でも……！」

「でもじゃないの。あんな単純な鼠一匹あしらえないようじゃ、この花街どころかこの見世一の色子にだって、到底なれやしないよ？」

悠人よりも少し前に花籠に売られてきたリンは、正式には竜胆《りんどう》という源氏名だ。どうやらこの花街では、最初についた客が色子の源氏名を付けるしきたりがあるらしい。花籠では見世の名にちなんで花の名前を付けられることが多いのだが、リンは竜胆という源氏名が気に入らないからと、リンと名乗っていた。

負けん気の強いリンはいつも、自分の不幸を嘆くなんて真っ平だ、どうせならこの花街一の売れっ子になってやると息巻いている。しかし、その威勢のよさとは裏腹になかなか客がつかず、ついたとしてもリンが得意としている按摩《あんま》目当ての近所のおじいちゃんだったりして、悠人と一緒に朝まで見世先の座敷に残っていることの方が多かった。

押しも押されもせぬ花籠のナンバーワンであり、この花街でも一、二を争う売れっ子の鈴蘭にたしなめられたリンが、悔しそうに言う。

「分かってるよ。分かってるけど……、でもひどいじゃん！　毎日毎日悠人のことこき使っておいて、なにかっていうと鞭で叩くなんてさ……！」

まるで自分のことのように憤慨してくれるリンに、悠人はお礼を言った。

「庇ってくれてありがとう、リン。でも、僕は平気だから」

「なに言ってんだよ、悠人！　ただでさえ悠人は違う世界から来て大変なのに、こんな目に遭って平気なわけないだろ！」

「……リン」

「平気なんて、そんな強がり言うな！　悠人は悪くない！　全部、あのクソ楼主が悪いんだからな！」

ふこふこの尻尾をぶわっと膨らませて、リンがますます憤る。と、その時だった。

「……うるさい……」

中庭を挟んだ向かい側の廊下から、ぼそりと声が聞こえてくる。そちらを振り返った悠人は、驚きに目を瞠った。

「紫苑さん！　いたんですか？」

「……寝てた……」

ぼそぼそと答える紫苑は、髪も耳も灰色の猫の獣人だ。花籠には半年ほど前からいる色子で、客に対してまるで愛想がないのだが、鈴蘭の優しげで匂い立つような美貌とはまた違う、冷たい人形のような美貌が受けており、見世では鈴蘭に次ぐ売れっ子である。

くああ、と寝そべったままあくびをして、紫苑がぶつぶつと文句を言う。

「さっきから、なんだ……。鼠も栗鼠も、やかましい……」

「あ……、ご、ごめんなさい。うるさくして」

どうやら紫苑の昼寝を邪魔してしまったらしい。慌てて謝った悠人だが、リンは紫苑にも食ってかかろうとする。

「なんだよ、紫苑！　いたんなら悠人のこと庇ってやれよ！　知らんぷりするなんて……！」

「リン、違うよ」

だがそこで、鈴蘭がそっとリンを押しとどめた。

「僕が割って入らなかったら、紫苑がとめに入ってたはずだよ。本当はずっと気にして見守ってたんだよね、紫苑？」

「……さあな」

鈴蘭の言葉に肩をすくめて、紫苑が裸足のままひらりと中庭に飛び降りる。

「……別の場所で寝る」

「あ……、紫苑さんも、ありがとうございました」

先ほどは浮島が怖くて気づかなかったが、きっと鈴蘭の言った通りなのだろう。誰に対しても無関心そうな紫苑だが、陰でこっそり客からもらったお菓子を分けてくれたりと、本当は優しいところもあるのだ。

お礼を言った悠人に、紫苑がぼそりと呟く。

「……俺はなにもしてない」

「気にかけてくれただけでも嬉しいです」

心配してくれていた、その気持ちが嬉しいのだと言った悠人に、紫苑はぎゅっと顔をしかめるとペタペタと歩み寄ってきた。懐から小さな陶器の入れ物を取り出し、悠人に押しつけてくる。

「……やる」

「え……」

驚いて蓋を開けると、中には膏薬《こうやく》が入っていた。練り込まれた薬草の匂いを嗅いだ鈴蘭が、ふんわりと苦笑を浮かべる。

「傷薬だね。後で塗っておくといいよ」

悠人の腕は連日浮島に鞭打たれているせいで、幾筋もミミズ腫れができてしまっている。紫苑は見かねて薬をくれたのだろう。

「あ……、ありがとうございます、紫苑さん」

慌ててお礼を言った悠人だったが、紫苑はすでに踵を返し、中庭にある大きな桜の木に向かっていた。するすると器用に登ると、枝分かれした幹の間に寝転がり、あっという間にすやすや寝始める。

紫苑を見上げたリンが、むっとして唸った。

「なんだよ、もう。分かりづらい奴……」

「リンは分かりやすすぎ。……じゃあ、僕はもう部屋に戻るから」

苦笑した鈴蘭が、足元に転がっていた人参を拾い上げ、はい、と手渡してくる。悠人は慌ててそれを受け取り、頭を下げた。

「ありがとうございました、鈴蘭さん……！　お騒がせして、すみませんでした」

夜の間中、客の相手をしている色子たちにとっては、昼のこの時間が睡眠時間だ。きっと鈴蘭も休んでいる最中に騒ぎに気づいて、わざわざ助けに来てくれたに違いない。

申し訳ないことをしたとうなだれる悠人に、鈴蘭が微笑んで言う。

「ふふ、いいよ。人参、転がっちゃった分は賄いに回すよう、厨番に言っておくから。僕は人参大好物だから、嬉しいよ」

金平《きんぴら》さんがいいなあ、とのんびり言いながら、鈴蘭が去っていく。その背を見送って、悠人は辺りに転がってしまった人参を集め始めた。

「……オレも手伝う」

鈴蘭と紫苑にお株を奪われた形になったのが悔しいのだろう。むすっと呟いて人参を拾い始めたリンに、悠人はお礼を言った。

「ありがとう、リン。さっき庇ってくれたのも、嬉しかった」

「……でもオレ、結局役に立たなかったし」

ダメだよなあ、とぼやくリンに、悠人は微笑んで頭を振った。

「そんなことないよ。いつも本当に助かってる。僕が頑張ろうって思えるようになったのも、リンのおかげだよ」

突然見知らぬ世界に飛んでしまった上、遊郭で働かされることになって、最初は何故自分がと絶望しかなかった。どうにかして元の世界に戻れないだろうかと考えてもその方法も分からず、周りは動物の耳や尻尾が生えた人間だらけ。おまけに楼主からは耳ナシと蔑まれ、なにかというと鞭打たれる。

それでもどうにか笑えるようになったのは、間違いなく花籠の色子仲間たちのおかげだ。リンや鈴蘭たちは悠人が耳ナシだからといって差別したりせず、親身になって話を聞いてくれた。

大変な目に遭ったね、つらいだろうけどここで一緒に頑張ろうねと同情し、励ましてくれる彼らのおかげで、悠人はどうにか前を向こうと思えるようになったのだ。普段は素っ気ない紫苑もそれとなくこの世界のことを教えてくれたり、浮島から庇ってくれたりして、本当にありがたくて仕方ない。

「僕、リンたちに会えて本当によかった。リンや鈴蘭さんと会えてなかったら、今頃どうなってたか分からないよ」

「悠人……」

にこにこと、人参片手にそう言う悠人に、リンが呆れたようなため息をつく。

「お前なあ、そもそも浮島みたいな悪い奴に捕まらなければ、こんなことになってなかったんだぞ？　そりゃ、オレは悠人と会えてよかったけどさあ」

「本当に？」

「だからそこで喜ぶなって」

ツッコミを入れつつも、リンが照れくさそうに笑う。集めた人参を落としていないものと分けつつ、リンは続けた。

「まあでもオレも、売られた先がこの花籠だったのは、不幸中の幸いだったたって思うよ。浮島はオレたちの借金を膨らませることしか考えてないけど、鈴蘭さんがうまく仕切ってくれてるおかげで見世の雰囲気はいいし、客層もそんなに悪くないし。ひどい見世だと、色子なんて使い捨てだからなあ」

病気になっても医者も呼んでもらえないらしいぜ、とリンがぼやく。悠人は思わず手にしていた人参をぎゅっと握りしめて呟いた。

「そんなひどい見世があるんだ……」

「色子になるべく金をかけないってのが、花街の鉄則だからな。この花街で起きることはお上も昔から見て見ぬ振りだから、浮島みたいな悪党がやりたい放題なんだよ」

反吐が出ると言わんばかりに顔をしかめたリンに、悠人は首を傾げた。

「でも、確かお殿様が代わったばかりなんだよね？　これからは花街の治安もよくなるかもしれないって、昨日皆が噂してたよ」

他の色子仲間から聞いた話では、ここは櫨《ろ》という国で、代々九尾《きゅうび》の狐《きつね》一族が治めているらしい。その一族は皆見事な銀毛の狐で九つの尾を持ち、他の獣人には使えない、妖術というものが使えるということだった。

「新しいお殿様……、確か暁様、だったっけ？　若くて外国のことにも詳しいから、景気がよくなるんじゃないかって言ってたよ」

もしかしたら法外な利息がかけられている借金も帳消しになるかも、とはしゃいでいた仲間を思い出して言った悠人だったが、リンは渋い顔で首を横に振る。

「確かにそういう噂は聞くけど、いくら上が代わったってこの花街には関係ないって。だってここは不知火ってヤクザ者が牛耳ってるからな」

「不知火……」

その名前に、悠人はこくりと喉を鳴らす。

この世界で最初に目覚めた時、浮島と話し込んでいた、あの黒い虎の獣人。

眼光の鋭さや身にまとう空気感からただならぬ雰囲気はしていたけれど、あの男がこの花街の影の支配者だったのか――。

黙り込んだ悠人を後目に、リンが気を取り直したように言う。

「ま、暁様が照らす表の世界の景気がよくなれば、この花街にも多少金が落ちるだろうから、オレたちはそこを狙って商売しないとな。うまくすりゃ、花街一の売れっ子も夢じゃないぜ！」

「……うん、そうだね」

いつも元気なリンに自然と笑顔になって、悠人は頷いた。

（そうだ。くよくよしてたって、状況は変わらない。僕もリンを見習って、ちゃんと前向きに生きないと）

自分はあの時、本当なら車に轢かれたはずだった。異世界に飛ばされるなんて思ってもみなかったけれど、それでも失ったはずの命が助かったのだ。そのことをありがたいと思って、精いっぱい生きていかなければならない。

こんなにいい人たちに巡り合えたのだから、ちゃんと顔を上げて頑張らないと――。

リンにもう一度お礼を言って別れた悠人は、胸元に忍ばせた両親と幼い頃の自分の写真を取り出して眺めた。こちらの世界に来た時の服などは浮島に取り上げられてしまっていたが、財布の中に入れておいたこの写真だけはどうしてもと言って手元に残してもらったのだ。

この写真を見ると、どこにいたって両親はきっと自分を見守ってくれていると思うことができる。なにがあっても頑張ろうと思える――。

「……頑張るね。父さん、母さん」

写真を丁寧に胸元にしまった悠人は、落とさないよう慎重に籠を抱え直して井戸に向かった。

桶に汲み上げた冷たい水で、一生懸命人参の泥を落としていく。

（少しでも働いて、早くここを出て行かないと）

色子として客がつかない自分は、昼間、見世の裏方仕事を手伝ってわずかな駄賃を稼ぐことしかできない。

もちろん、浮島の言い分がほとんど言いがかりに近いものであることも、裏方仕事で得られる駄賃だけでは焼け石に水であることも、分かっている。それでも、できることから始めなければ、いつまで経ってもここから抜け出せない。

ここから抜け出せなければ、元の世界に戻る方法を探すこともままならない――。

「……と、これで終わりかな」

最後の一本を洗い終えた悠人は、ふうと息をついて手拭いで手を拭いた。井戸の周りを片付け、洗った人参を持って厨へ向かおうとしかけて、ふと視界の端に入った白いものに気づく。

「……鳩《はと》？」

それは、草の陰にうずくまった真っ白な鳥だった。

こんなところに珍しい、と足をとめた悠人は、まじまじとその鳥を見つめて驚く。

「あ……、違う、烏《からす》だ」

白鳩だろうかと思っていたが、その顔つきやフォルムは烏のそれだった。鳩より長い嘴《くちばし》も真っ白で、瞳は硝子玉のように綺麗な銀色をしている。

「突然変異かな……。でも、アルビノならきっと目が赤いよね」

確かアルビノは、黒い色素を作れない突然変異の個体のことだったはずだが、この鳥の瞳はキラキラと輝く銀色だ。

もしかしてこの世界にはこんな鳥もいるのだろうかと思いかけたところで、悠人は鳥の翼から血が流れていることに気づく。

「……っ、怪我してる⁉」

慌てて人参の入った籠を置き、悠人はしゃがみ込んだ。ゆっくり慎重に近づくが、鳥は悠人に向かってガァッガァッと警戒するような声を上げ出す。バサバサと、無理矢理翼を動かして飛ぼうとする鳥に、悠人は懸命に語りかけた。

「大丈夫だよ、大人しくして。ちょっと傷診せてもらうだけだから……！」

しかし当然ながら、鳥に悠人の言葉は通じない。距離を詰める悠人にますます怒ったような声を上げ、バタバタと暴れ出す。

「駄目だよ、暴れたら傷が……！　っ！」

このままでは傷が悪化してしまうかもしれない。

悠人は咄嗟に手にしていた手拭いで鳥の体をぐるりと巻くと、そのままえいっと抱き上げた。

ガァーッとパニックに陥った鳥が、悠人の手を嘴で突ついてくる。いくら先が丸くなっているとはいえ、固い嘴で突つかれるとさすがに痛くて、悠人は必死に鳥を制止しようとした。

「痛っ、お、大人しくして……！　大丈夫、大丈夫だからっ」

腰に下げていたもう一枚の手拭いで手早く目元を覆うと、ようやく観念したのか鳥が大人しくなる。ほっとひと安心して、悠人はそばの縁側に腰掛けると、鳥の翼をそっと検めた。

「……よかった、折れてはいないみたい」

どうやら骨自体は折れていない様子だから、これなら傷さえ治ればすぐに飛べるようになるだろう。

よかったね、と鳥に話しかけつつ、悠人は先ほど紫苑からもらった傷薬を取り出した。

「人間用の軟膏だけど……、薬草の効果は一緒だろうから、多分効くはず」

静かにしててね、手当てするだけだからね、と何度も言い聞かせながら、優しく傷口に薬を塗っていく。カァ、と何度か抗議するような声を上げていた鳥は、途中から悠人の意図が伝わったのか、じっと大人しく身を任せてくれるようになった。

「……よし、これでいいかな。しばらく安静にさせたいけど……」

元の世界でも野鳥を保護したことなんてないから、どうしていいか分からない。でも、このまま放したところで、飛べないこの子は猫や他の鳥に襲われてしまうかもしれない。

（そんなの可哀相だ……。この子にだってきっと、家族がいるだろうに）

自分にはもう家族はいないが、それでもきっと大和は心配してくれているはずだ。今はまだ元の世界に戻る方法も分からないけれど、でも、一日も早くここから抜け出して、元の世界に帰りたい。

「……君もきっと、帰りたいよね」

腕の中の鳥にそっと話しかけると、ブルルッと頭を振った鳥が手拭いの下から顔を出す。また突つかれてしまうかな、と身構えた悠人だったが、鳥はその綺麗な銀色の瞳でじっと、悠人を見上げてくるばかりだった。

「……リンと鈴蘭さんに相談してみようかな」

この子の怪我が治るまで、どうにか保護してあげたい。

結局頼ってしまうことを申し訳なく思いながらも、悠人は白い鳥をそっと抱きしめ、その場を後にしたのだった。


――数日後、悠人は花街の一角にある商店街の店先で、途方に暮れていた。

「どうした？　一壷《ひとつぼ》二十銭だって言ってるだろう」

ニヤニヤと意地の悪い笑みを浮かべた牛の獣人の店主が、悠人に手の平を突きつけてくる。厨番の熊の獣人、太兵衛《たへえ》から預かってきた銭入れをぎゅっと握りしめて、悠人は店先に並んだ大きな瓶を見やって言った。

「で……、でも、この間買いに来た時は十銭でした。それに、この値札にも十銭って……」

「店主はこの俺だぞ。俺が二十銭だって言ったら二十銭なんだよ」

売り値はこちらが決めると言って、店主がシッシッと手で悠人を追い払う仕草をする。

「嫌ならとっとと帰んな。商売の邪魔なんだよ、この耳ナシめ」

「……っ」

嫌悪感を露わにする店主に、悠人は俯いてしまった。

——悠人が白い鳥を保護してから、数日が経った。

幸い鈴蘭が以前鳥を飼ったことがあり、鳥籠も残っていたため、悠人はそれを借りて鳥を保護することができた。どうやらこの世界でも白い鳥は相当珍しいらしく、色子仲間たちの誰も今まで見たことがないと言っていた。

白い鳥は、悠人が自分を保護しようとしていることが分かっているのか、籠の中でも大人しくしていて、怪我の治りも早かった。

もう怪我しないでね、まっすぐ家族のところに帰るんだよ、気をつけてね、と空に返してあげたのが、昨日のこと。銀色の目をした鳥は、中庭の大きな桜の木にしばらくとどまっていたが、やがて真っ白な翼を広げて青い空へと飛び立っていった。

ぐんぐん遠ざかる鳥の姿に、ちゃんと家に帰れるか心配で、でも空を自由に飛べる羽もない悠人は追いかけることもできなくて。

翌日の今日になっても、もう仲間の元に戻っただろうか、またどこかで怪我していたらどうしようとずっと悶々としていた悠人は、厨番に頼まれて、花街の中にある酒屋に酒を買い付けに来ていた。

通常、見世で出す酒は定期的に酒屋が運んでくるのだが、昨夜は大酒呑みの客がおり、今夜出す分の酒が足りなくなってしまったのだ。

この花街は色子の逃亡を防ぐため、周囲をぐるりと高い塀に囲まれており、大門《おおもん》と呼ばれる大きな門からしか出入りができない造りになっている。そのため、色子は花街の中に限っては比較的自由に出歩くことが許されていた。

さすがに鈴蘭ほどの人気がある色子ともなれば、逃亡の危険がなくとも誘拐などを危惧しなければならないため、下男を供に付けるのが通例だが、裏方仕事ばかりしている悠人はほとんど下男と同じ扱いである。一度太兵衛と一緒に買い付けに来たことがある酒屋だし、一人で大丈夫ですと言って出てきたのだが——、まさかこんなことになるなんて、思ってもみなかった。

（どうしよう……。出直して太兵衛さんと一緒に来た方がいいかな。でも、忙しいから僕に頼んだんだろうし……）

おそらくこの店主は悠人が『耳ナシ』だから、こんな嫌がらせをしているのだろう。店の前を通る獣人たちには愛想よく、一壷十銭ですよと声をかけていることからも、それは明らかだ。

行き交う人の中には、こちらを気にする素振りを見せる者もいるが、立派な角を生やした大柄の店主を見て、そそくさと立ち去ってしまう。

（自分でこの場をどうにかしないと……。でも、どうしたら……？）

悠人が太兵衛から預かっているのは十銭のみのため、買えるのは半壷分だ。このまま買って帰ってもそれではお酒が足りなくて、結局太兵衛に手間をかけてしまうだろう。

（せっかく少し仲良くなって、お遣いも任せてもらえるようになったのに……）

このままでは、無口で強面だが気は優しい厨番をがっかりさせてしまうかもしれない。そう思うと居ても立ってもいられなくて、悠人は意を決してもう一度店主に頼んだ。

「お願いします、僕にお酒を売って下さい！　ちゃんと、正規の値段で……！」

「ああ？　しつこいな、てめぇ！　だから、てめぇには一壷二十銭でしか売らねぇって……」

取り縋るように頼んだ悠人に、店主が激昂する。

──と、その時だった。

「……店主。悪いが私にも一壷分、酒を売ってもらえるかい？」

すっと悠人の隣に立った背の高い男が、低く甘い声でそう問いかける。そちらを見やった悠人は、思わず大きく目を瞠っていた。

（うわ……）

その男は、今まで悠人が見てきた誰よりも美しい男だった。

ゆるやかな癖のある亜麻色《あまいろ》の髪は、腰まであるだろうか。淡い色の髪を掻き上げるその手は大きく、節くれ立った長い指から零れる髪はまるで木漏れ日のように輝いている。

悠人よりずっと高い位置にある瞳の色は黒で、その目尻は少し甘く垂れ気味になっている。頬に影を落とすほど長い睫と、鼻筋の通った高い鼻。形のいい唇は薄く、穏やかな笑みを湛えた口元には小さな黒子があって、それがなんとも色っぽい。

身に着けているのは銀糸が煌《きら》めく流水紋《りゅうすいもん》の着流しで、その上から豪奢《ごうしゃ》な女ものの打ち掛けを羽織っている。大きく開いた胸元からは緋襦袢《ひじゅばん》の衿《えり》がちらりと覗いていて、艶かしいことこの上なかった。

いかにも洒脱な遊び人といった格好をしているのに、不思議と爛《ただ》れた印象がなく、むしろ堂々とした威厳を感じるのは、彼が恵まれた体格をしているからだろう。普段接している色子仲間たちは比較的小柄な者が多く、客の獣人たちの大きさに圧倒されていた悠人だが、目の前の彼は今まで見てきた獣人たちとは比べものにならないくらい、鍛え上げられた体つきをしていた。

（……美形のお手本って、こういう人のことを言うんだろうな……）

圧倒されつつもつい見つめてしまうのは、彼の耳と尻尾だ。

大きな三角の耳から察するに、彼はおそらく狐の獣人なのだろう。腰の辺りからは、丸みのある大きな尻尾も覗いている。日だまりのようなあたたかみのある黄色の被毛にはところどころ焦げ茶色が混じっていて、耳も尻尾も先だけが白い。

（なんか、焼きたてのパンみたい……）

ふこふことした尻尾はいかにも触り心地がよさそうで、思わず手を伸ばしてしまいたくなる。あれをぎゅっと抱きしめて顔を埋めたら、どんなに気持ちがいいだろう――……。

悠人の視線に気づいた男が、少し体をこちらに向けて、にこ、と微笑む。ふわりとほのかに香る上品なお香の匂いで、自分が不躾に見つめてしまっていたことに気づいて、悠人は気恥ずかしさにサッと頬を赤くして彼から視線を外した。

「これは東雲様《しののめさま》！　東雲様がうちの酒をお求めなんて、光栄でさあ！」

悠人を押しのけるようにして、店主が男の前に進み出る。

「東雲様からお代をいただくなんてとんでもねえ！　どうぞ好きなだけお持ち下せえ！」

（……っ、好きなだけって……）

自分とは雲泥の差の店主の対応に、悠人は驚いてしまった。

店主が自分を『耳ナシ』と差別しているのには気づいていたが、どうしてそこまでと不思議に思ったところで、周囲に人だかりができていることに気がつく。

「見ろ、東雲様だ」

「ああ、うちの店にも来て下さらないかなあ」

行き交う人々が足をとめ、東雲の様子を遠巻きに窺《うかが》っている。どうやら彼はこの花街では有名な人物らしい。

（あれかな？　なんか芸能人が商品を買うと宣伝効果があるみたいな……）

内心首を傾げた悠人だったが、当の東雲は衆目を集めていることなど意に介した様子もなく、鷹揚に笑う。

「はは、ありがとう。だがそれでは商売にならないだろう。ちゃんと支払わせてくれないか」

懐に手をやった東雲が、銭入れを取り出しながら店主に聞く。

「確か一壷二十銭、だったかな？」

「いえいえ、十銭でございます！　ほら、値札にもこの通り！」

「……っ」

店主のひと言に、悠人はぐっと唇を引き結んで俯いてしまった。

（やっぱり、僕が『耳ナシ』だから正規の値段では売ってくれないんだ……）

ここまであからさまな嫌がらせをされて、どうしたらいいか分からない。こんな理不尽なことがあっていいのかと悔しくてたまらないけれど、ここで自分が怒ったところで、店主は酒を売ってはくれないだろう。

悠人は湧き上がる悔しさを呑み込んで、それ以上粘ることを諦めた。

（こうなったらもうどうしようもない……。一度帰って、太兵衛さんに謝ろう……）

我慢することや諦めることなら、慣れている。自分に非がないのに謝ることにも。

東雲から十銭を受け取った店主が、おまけでさあ、と愛想よく笑いながら、店先に吊してあった壷に並々と酒を注ぎ入れる。

ありがとうとその壷を受け取った東雲を横目に、意気消沈した悠人がとぼとぼと店を離れようとした、――その時だった。

「ああ、君、ちょっと待ってくれないか」

「……？」

穏やかで甘い、低い声に振り返ると、そこにはにこやかな笑みを浮かべた東雲が立っていた。

「僕、ですか？」

こんなに華やかな人が、耳ナシの自分に一体なんの用だろう。

少し身構えつつ聞いた悠人に、東雲がふっとおかしそうに笑みを深めて言う。

「そう構えないでくれないか。……はい、これ」

「え……」

どうぞと差し出されたのは、先ほど彼が買ったばかりの酒だった。思わず両手でそれを受け取った悠人だが、わけが分からず面食らってしまう。

「あ、あの……？」

「君がさっき買おうとしていたのは、その酒でよかったかな？」

「は……、はい、そうですけど……」

確かに彼が買ったのは悠人がお遣いを頼まれたのと同じお酒だったが、何故それを自分に渡してくるのだろう。

ぱちぱちと目を瞬かせた悠人を見て、東雲が懐から取り出した扇を広げながら、愉快そうに笑う。

「よかったらそれを持っていくといい。なに、ほんのお礼だよ」

「……お礼?」

一体なんのことだろう。それに、持っていくといいとは、どういう意味か。

ひらひらと扇で首元を扇ぐ東雲を見上げて悠人がますます困惑した、その時だった。

「ちょ……っ、ちょっと東雲様……!」

二人のやりとりを見守っていた店主が、眉をひそめて割って入ってくる。

「困りますよ、そんなことされちゃあ。こいつには二十銭で売るつもりで……」

「おや、そうだったのかい? だが私は最初から彼に贈るつもりで買ったからね」

しれっと肩をすくめた東雲が、扇の陰からちらりと店主を見やって言う。

「大体、少し見た目が違うからといって暴利を貪ろうとするなんて、無粋だと思わないかい? 彼が君に一体なにをしたって言うんだい」

「っ、それは……!」

「弱い者苛めなんて野暮な真似、この花街では流行らないと思うがね」

どうだろう、と流し目で問いかけた東雲に、周囲の観衆から拍手喝采が起きる。

「さすが東雲様!」

「あんた、よかったねえ。私も心配してたんだけどね。助けてあげられなくてごめんよ」

申し訳なさそうに声をかけてくる女性に、悠人は戸惑いつつも頭を振った。

「い、いいえ……」

突然で驚いたけれど、要するに東雲は事の起こりから知っていて、助け船を出してくれたということなのだろう。

(でも、お礼って?)

彼とはこれが初対面のはずだ。一体どういう意味だろうかと思いながらも、悠人は東雲にお礼を言おうと慌てて一歩前に進み出た。

「あの、ありがとうございます。お支払いを……」

自分の代わりに買ってくれたのだからと、太兵衛から預かった十銭を渡そうとした悠人だったが、その時、顔を真っ赤にした店主が握りしめていた柄杓《ひしゃく》を振り上げる。

「この……っ、よくも恥をかかせやがって、この耳ナシが……！」

「……っ」

憤怒に顔を歪めた店主が、悠人目がけて柄杓を振り下ろそうとする。

大柄な店主の大きな影に悠人が思わず身をすくませてしまった、――次の瞬間。

「……物騒なものを振り回すんじゃないよ、平助《へいすけ》。……店主殿も」

ひらりと肩にかけた打ち掛けの裾を翻した東雲が、流れるような動作で悠人を背に庇い、パチンと音を立てて閉じた扇を掲げる。

広い背に驚いた悠人だったが、気づけば東雲は掲げたその扇で店主の柄杓を受けとめていた。もう一方の手は背後に伸ばされており、そこには今にも腰の刀を抜こうとしている一人の男がいる。

「っ、東雲様……」

東雲の手に押しとどめられて刀を抜けなかった男が呻く。険しい表情の彼を振り返ることなく、東雲がふうとため息をついた。

「まったく、短気で困るね、私の護衛は。そう思わないかい、少年？」

「え……？　えっと……」

突然話を振られて戸惑う悠人に、東雲がにっこりと笑う。東雲の背後の男が姿勢を正し、憮然として言った。

「……あなたの身辺警護が、私の務めですから」

「自分の身くらい、自分で守れるって」

「そういうことは、すぐに厄介事に首を突っ込むそのご性分を直してから言って下さい」

短い黒髪の男はどうやら犬の獣人らしく、東雲よりやや小振りな黒い耳に、黒い尻尾をしている。

「そうは言っても性分だからねえ、そうそう直るものじゃないよねえ。ねえ、少年？」

「はあ……」

　再び話を振られるが、どう答えたらいいのか分からない。曖昧に頷く悠人に、ふふっと目を細めて、東雲は酒屋の店主を振り返った。

「騒ぎになってしまってすまないね、店主。これは詫びだよ」

　すっと扇を引いた東雲が、店主にもう十銭を手渡す。その表情はにこやかだったが、瞳は静かに店主を見据えていた。

「これで合わせて二十銭だ。これなら君も文句はないだろう？」

「……チッ」

　舌打ちをした店主が、どかどかと足音荒く店に戻っていく。どけ、と一喝された見物人たちが、蜘蛛《くも》の子を散らすように逃げていった。

「おやおや、乱暴なことだねえ。あれじゃ客なんてつかないだろうに」

「あの……！」

　のんびりと言う東雲に、悠人は改めて向き直った。

　手渡された酒壷をしっかり抱きしめ、深く頭を下げる。

「助けていただいて、本当にありがとうございました！　すみません、今手持ちが十銭しかなくて……、でも、残りも必ずお返ししますから」

　結局東雲には倍の値段を払わせてしまった。見世の給料が支払われるのはまだ先だが、戻ったら浮島に前借りをお願いして返すしかない。

　それも駄目だったら鈴蘭から借りるしか、と考えかけた悠人だったが、東雲は鷹揚に笑ってそれをいなす。

「なにを言ってるんだい。君が代金を支払う必要なんてないんだよ。これはほんのお礼だって言っただろう？」

「あの……、でも僕、あなたになにかお礼をされるようなことなんて、なにも……」

　まったく身に覚えがないというのに、お礼をされても困る。そう思った悠人に、しかし東雲は悪戯っぽく笑って言った。

「君に覚えがなくても、私にとって君は大恩人なんだよ。……この子にとってもね」

「え……」

「おいで、黒鉄《くろがね》」

東雲が呼んだ途端、通りの向こうから白い鳥が飛んでくる。一見鳩のようにも思えたその鳥は、鳩よりも長細い嘴をしていて――。

「あ……！」

「この子の手当てをしてくれたのは君だろう？」

肩に舞い降りた白い鳥に、東雲が頬を寄せる。すりすりと慣れた様子で東雲に額を擦りつけたのはまさしく、昨日まで悠人が保護していた鳥だった。

優しい手つきで撫《な》でられ、カア、と嬉しげに声を上げる鳥を見て、悠人はほっとする。

(よかった……、ちゃんと帰れたんだ)

昨日からずっと心配していたから、こうして主人の元に戻れた姿を見届けられて、ようやく胸のつかえが取れた気がする。それに。

(……僕もこの子みたいに、いつかちゃんと、元の世界に戻れたらいいな……)

この世界でも珍しい白い迷子の鳥に、どうしても自分を重ねずにはいられない。

この子が自分の居場所に戻れたのなら、自分ももしかしたら、とそう思える。

もしかしたら自分も、元の世界に戻れるのではないか――。

じっと鳥を見つめている悠人に、東雲が声をかけてくる。

「申し遅れてすまない。私の名は東雲。この子は黒鉄といってね、私の大切な相棒なんだ」

「そうだったんですね。僕は悠人といいます。先ほどは本当にありがとうございました。……あの、でも東雲さんはなんで、僕がこの子を保護してたって知ってるんですか？」

改めてお礼を言ったところで、そういえばとハタと気づく。花籠の色子たちは悠人が白い鳥を保護していたことを知っているから、もしかしたら客として来た時に聞いたのだろうか。

しかし、客の中にこんな美男がいたら当然騒ぎになっているだろうし、それに色子から聞いたなら、その時に自分が飼い主だと名乗り出そうなものだ。

どっちも覚えはないのにと不思議に思った悠人に答えたのは、東雲の後ろに控えていた犬耳の獣人だった。

「君の勤めている花籠に、我々の知人が出入りしていてな。白い鳥など珍しいから、もしかして、と連絡が来たんだ」

「あ……、そ、そうでしたか。えっと……」

彼の名前はなんだったか。確かさっき東雲が呼んでいたはずと記憶を辿ろうとした悠人に、黒鉄を肩に乗せた東雲がにっこり笑って告げる。

「ああ、彼かい？　彼は助平《すけべい》だよ」

「……えっ？　す、すけべ？」

そんな名前だっただろうかときょとんとした悠人をよそに、男が東雲に向かって唸り声を上げる。

「誰が助平ですか、誰が！　平助です！」

「ああ、そうだったそうだった。いや、助平の平助で覚えてしまったものだから」

「絶対わざとでしょう……」

「だって言わずにはいられないだろう、そんな名前。むしろ言わないと失礼だ」

「……改名してもいいですか」

駄目、とにっこり笑う東雲に、平助ががっくりと肩を落とす。

ぽんぽんと交わされる二人のやりとりに、悠人は思わずくすりと笑ってしまった。気づいた東雲が、ご満悦そうに言う。

「ほら、ひと笑い取れた。ね、いい名前じゃないか」

「……そう思うのなら、今度から東雲様が平助と名乗ったらどうです」

「嫌だよ格好悪い」

「今なんと仰いました⁉」

クワッと目を剝いた平助は、きっと普段から東雲にいいように振り回されているのだろう。東雲の肩に乗った黒鉄が、平助の大声に驚いたようにバサッと翼を広げ、カアッと文句を言う。

「あーあ、黒鉄に怒られた」

「く……！」

東雲のひと言に、平助が悔しげに唇を噛む。笑っちゃいけないと懸命に笑いを堪えながら、悠人はどうにか言った。

「な、仲がいいんですね、お二人とも……！」

「そうだろう？」

「誰がですか！」

見事に被った正反対の二人の答えに、ついに堪えきれなくなって吹き出してしまう。

「あはは、ちょ……っ、い、息ピッタリじゃないですか……！」

まるでコントだ、と酒壷を抱きしめて笑う悠人に、東雲が笑みを深めて言う。

「……よかった。君が笑ってくれて」

「あ……」

そのひと言に、彼が自分のことを心配してくれていたのだと気づいて、悠人はなんだか恥ずかしくなってしまった。

（……でも、嫌な気持ちじゃない。むしろなんかくすぐったい、かも）

東雲が自分よりずっと大人で、終始余裕のある態度だからだろうか。平助とのやりとりを見ているとちょっと食えないところもあるようだけれど、それでもこの人はとてもいい人に思える。

花籠の色子仲間たちを除いて、浮島や客などこの世界の獣人たちにはあまりいい印象を持っていなかったが、それは誤りだったのかもしれない。

（そうだよな。元の世界にだっていろんな人がいたんだから、こっちの世界にもいろんな獣人がいて当然なんだよな……）

悪い人ばかりじゃないのかも、と認識を新たにして、悠人は照れ笑いを浮かべた。

「……こんなに笑ったの、久しぶりです。こっちの世界に来てから初めてかも」

「ああ、そうか。君は他の世界から来たんだね」

東雲も、悠人が『耳ナシ』であることには気づいていたのだろう。穏やかに頷いて、聞いてくる。

「こちらの世界にはいつ頃から？」

「ええと、二週間くらい前からです。僕、車に轢かれて、気がついたらこの世界にいて……」

悠人の話を聞いた東雲が、クルマ、と呟く。そうだった、この世界に車はないんだったと思い出して、悠人は慌てて付け加えた。

「車って言うのは、人とか物を乗せて運ぶ機械です。ガソリンっていう燃料で走るんですけど、馬より速くて、重いものも運べて……。僕の世界ではその車がたくさん走っていたんです」

「……なるほど。それで、悠人はその車に轢かれてこの世界に飛ばされた、と」

「はい、……多分」

自分でもどうしてこの世界に来たのか分かっていないので、憶測でしか話せないのが申し訳ない。そう思いつつ説明した悠人に、ふむ、と東雲が思案気な顔つきになる。

「他の世界、か……」

呟きつつ、扇を開いたり閉じたりしている東雲を前に、悠人は少し俯いてしまった。

（……やっぱりこの人も僕のこと、気味が悪いって思うのかな）

いくら東雲がいい人でも、ここは獣の耳や尻尾があるのが当たり前の世界なのだ。耳ナシの自分の姿は、きっと奇妙なものに見えているだろう。

（この人にそう思われるのはなんだか少し、寂しいな……）

いい人だと分かったから余計に、彼にそう思われるのがつらい。

でも、ここは自分の世界とは違うのだから、それは仕方のないことだ。自分はこの世界の住人ではないのだし、疎外されても文句は言えない。

自分が黒鉄を助けたからとはいえ、こうして窮地を救ってくれただけでも、ありがたいと思わなければ。

悠人はそう思い直すと、東雲に向かって深く頭を下げた。

「お酒、ありがとうございました。助けていただいて本当に助かりました。それで、あの……、せめてこれだけでも受け取っていただけませんか？」

酒壷を片手で抱え直した悠人は、銭入れから出した十銭を東雲に差し出す。

先ほど東雲はお礼と言ったが、黒鉄を助けたのは自分がしたくてしたことだし、それにこのお金はそもそもお酒の代金として持たされたものだ。

「本当は二十銭ちゃんとお支払いしたいくらいなんですけど、僕まだお給料もらってなくて、すぐにお支払いできるかどうかも分からなくて……。だからせめて、お酒代で預かってきた分だけでも受け取ってもらえたら嬉しいんですけど」

「………………」

「あ……、あの、駄目ですか？」

全額払ってもらうのは申し訳ないし、かといってどうでも二十銭支払うと固辞しても東雲の気持ちを無下にすることになりかねない。だったらせめて手持ちの十銭をと思ったのだが、それも失礼だっただろうか。

躊躇《ためら》いつつ聞いた悠人を、東雲はしばらく無言でまじまじと見つめていた。

ややあって、ふっと笑みを浮かべて口を開く。

「……君は変わった子だね、悠人」

「え……」

それはやはり、自分の姿が奇妙だという意味だろうか。そう思いかけた悠人だったが、続く東雲の言葉は悠人の予想とはまるで異なるものだった。

「普通、給料もまだの一文無しなら、こういう場合は臨時収入を喜ぶものだろう。なにも悪いことをして手に入れたお金じゃないんだから、胸を張って受け取っていいんだよ？」

「でも、これはお酒を買うためのお金で、僕が厨番さんの手伝いをしたお駄賃はこれとは別に、お給料と一緒にいただくことになっているので……」

たとえ東雲に受け取ってもらえなくても、このお金が自分のものになるわけではない。そう言った悠人に、東雲はますます笑みを深くする。

「花見世の下男は皆、店先で値切りに値切って、浮いた分を自分の小遣いにするものだけどねえ」

「……そうなんですか？」

驚いて目を瞠った悠人を見て、東雲がくっくっと肩を震わせる。

「そうだよ。……ふふ、面白い子だね、本当に」

「す……、すみません。僕、この世界のことまだよく分かってなくて……」

笑われてしまった気恥ずかしさに赤くなった悠人だったが、東雲はそんな悠人を見つめてひとしきり笑うと、パチンと扇を閉じて言う。

「よし、決めた。悠人、その十銭はやはり君が取っておくといい」

「え……っ、いえ、でも」

「その代わりといってはなんだが、私は君の話をもっと聞きたい。見世が開くには少し早い時間だが、君の座敷にお邪魔させてもらってもいいかい？」

「……えっ？」

扇を懐にしまった東雲が、言葉の意味が分からず当惑する悠人の手から酒壷を取り上げる。平助、と壷を預けようとした東雲に、後ろに控えていた平助が渋い顔をした。

「……そもそも礼を言うだけと、そういうお話だったはずですが」

「あまり固いことを言うものではないよ。困っていれば助けたくなるし、面白そうだったら話を聞いてみたくなる性分なんだから、仕方ないじゃないか」

「ですからそういうご性分を直して下さいと、私はもう何度も……！」

「平助」

語気を強めた平助の名前を呼んだ東雲が、眉を下げて笑う。

「頼むよ。ね？」

「……っ、まったくあなたという方は……！」

捨て台詞のように言い、平助が東雲の手から酒壷を奪う。むくれたようにそっぽを向いた従者に、東雲が苦笑を零した。

「ありがとう、平助。頼りにしているよ。……さて、じゃあ行こうか、悠人」

サッと打ち掛けの裾を翻した東雲が、ごく自然に悠人の肩を抱き寄せる。悠人は戸惑いながらも東雲を見上げて尋ねた。

「あ、あの……、行くって……？」

「ん？　もちろん、君の見世だよ」

「見世……」

繰り返した悠人に、ああ、と頷いて、東雲はにっこり笑みを浮かべた。

「君をひと晩、買わせてほしい」

「……っ！」

硬直した悠人を、さあ、と東雲が促す。

ぎこちなく歩き始めた悠人に、東雲の肩にとまった黒鉄がカルルッと一声、誇らしげな声を上げたのだった。


どうぞ、と禿に襖を開けられて、廊下に正座した悠人は緊張しつつも三つ指をついて頭を下げた。

「お、お待たせしました……」

「ああ、来たね。うん、そういう格好もなかなか似合っているよ」

肩に黒鉄を乗せた東雲が、酒杯を置いてにっこりと笑う。慣れた様子で禿を下がらせる東雲に、悠人は俯いたままぎこちなく答えた。

「せ……、先輩たちが、あれこれしてくれて……」

「そうなんだ。いい先輩たちだね」

「はい……！」

それは間違いないので力いっぱい頷くと、一瞬目を見開いてピピッと三角の大きな耳を振った東雲が、くすくす笑い出す。

悠人は気恥ずかしさに顔を赤くして、俯いてしまった。

――数十分前、東雲と共に見世に帰ってきた悠人に、花籠は蜂の巣を突いたような大騒ぎになった。

なにせ今までただの一度も客を取れなかった悠人を買いたいという客が現れたのだ。浮島は不在だったが、鈴蘭の差配ですぐに座敷が整えられ、悠人はリンたちによって湯浴みをさせられた。

『お客様は今、禿たちがお酌してるから。後は悠人が行って、お酌やお話のお相手をするんだよ』

　とっておきの一枚だよ、と鈴蘭が出してきたのは、美しい桜が描かれた打ち掛けだった。

『こ、こんないいものお借りできません！』

『なに言ってるの。貸すんじゃなくて、あげるんだよ。……うん、可愛い。よく似合ってる』

　遠慮する悠人に、にこにことそんなことを言って着付けまでしてくれた鈴蘭は、どうやら悠人が湯浴みをしている間に東雲に挨拶までしていたらしい。見世のナンバーワンである彼がそんなことをするなんて、もちろん初めてだ。

『なにせ、悠人の初めてのお客様だからね。きちんとした方でないなら僕が代わりにお相手して煙に巻いてやろうかと思ったけど……、まあ、あの方なら大丈夫かな』

『鈴蘭さん……、ありがとうございます』

　太鼓判を押してくれた鈴蘭に、品定めのような真似をさせてしまったことを申し訳なく思いつつ、悠人は打ち明けた。

『でも僕、元の世界でもその……、そういう経験、なくて……』

　いきなり自分を買うと言われた時には驚いて声も出なかったが、色子である以上、悠人は東雲を拒むことができない。お酌や話し相手だって到底務まる気がしないのに、自分がそんなことをしなければならないなんて、考えただけでパニックに陥ってしまいそうになる。

『ぼ……、僕、どうしたらいいんでしょうか、鈴蘭さん……！』

　体を売るからには、自分から積極的になにかしないといけないだろう。そう思って藁《わら》にも縋る思いで聞いたというのに、鈴蘭は悠人の髪を整えながらおかしそうに笑うばかりで。

『大丈夫大丈夫。あの方は初日からそんな無粋はしないから。全部任せておけばいいよ』

『で、でも……！』

『いいから、行っておいで。ほら、旦那様がお待ちだよ。相手が支払ったお代分、きっちり満足させること。それが色子の仕事だよ』

片目を瞑る鈴蘭に、だからそのための手管を教えてほしいのだと思わずにはいられなかったが、ぽんっと背中を押されて送り出されてはもうどうしようもない。

逃げ出したい衝動と必死に戦いながらどうにか座敷まで辿り着いた悠人の心臓は今、限界を迎えようとしていた。

(う……、き、緊張する……！　怖いし……！)

鈴蘭は東雲に任せておけばいいと言っていたけれど、恐怖が減るわけではない。いくら東雲が美形で、そういったことに慣れていそうだとはいえ、男に抱かれるなんてやっぱり抵抗がある。

(でも、体を売らないと借金は返せないし、いつかは客を取らないといけないんだし……！)

そう思ってなんとか自分を奮い立たせようとするが、未知の行為への恐怖で頭がいっぱいで、なかなか覚悟が決められない。

真っ青な顔で俯き、廊下に正座したままの悠人に、東雲が怪訝そうに聞いてきた。

「どうしたんだい？　廊下じゃ体が冷えるだろう。こっちにおいで」

「ひゃ……っ、は、はい……！」

緊張のあまり舌がもつれた悠人の返事に、東雲の斜向かいに正座していた平助が顔をしかめる。

「どうした？　さっきから様子が変だが……」

「す……、すみません。あの、実は僕、お客さんを取るのが初めてで……」

まごまごしている悠人に痺れを切らしたのか、東雲の肩にとまっていた黒鉄がバサバサッと翼を広げて飛んでくる。悠人の肩にとまるなり、すりすりと頭を擦りつけてきた黒鉄に促されて、悠人は怖々部屋の中に入った。

おいで、と黒鉄を呼び戻しつつ、東雲が酒杯を傾けて言う。

「ああ、それでさっき、君の保護者が来たのか。少し驚いたが……、鈴蘭とは、確かに彼に似合いの源氏名だね」

「あ、はい！　綺麗で優しくてぴったりですよね」

いつも優しい鈴蘭は、まさしくたおやかで可憐な鈴蘭の花のようだ。そう思って頷いた悠人だったが、東雲は黄金色の耳を震わせてくすくす笑う。

「そういう意味じゃなかったんだが……、まあ、君にとって彼は優しい先輩だということが分かってよかったよ」

「……？　はい」

言っている意味はよく分からないが、言葉の綾みたいなものだろうか。悠人は頷き、辿々しく言葉を紡いだ。

「その……、僕、耳や尻尾がないので、お客さんがなかなかつかなくて……。それで、皆よくしてくれるんです。厨番さんも、よくお仕事を手伝わせてくれて、今日もそれでお遣いに……」

「そうか。じゃあ私は光栄にも、君に源氏名を付ける機会を手に入れたんだね」

嬉しいよ、と微笑んだ東雲が、悠人に向かって手招きをする。

「そこじゃ話しにくいから、もっと近くにおいで。とりあえずお酌してくれるかい？」

「……っ、は、はい」

悠人は強ばる足を懸命に動かして、東雲の近くに歩み寄った。ぎくしゃくと隣に正座し、盆の上にあった徳利《とっくり》を手に取る。

「し、失礼、します……」

差し出された杯に注ごうとするも、手が震えてしまってなかなかお酒が出てこない。

もう少し、と徳利を傾けようとした悠人だったが、その時、それまで東雲の肩の上でじっとしていた黒鉄が、カア、とひと声鳴き声を上げた。

「……っ、あ！」

驚いてびくっと震えた次の瞬間、手元が狂って思わぬ量のお酒が出てくる。杯から溢れたお酒は、そのまま東雲の手元に滴り落ちてしまった。

「ご……っ、ごめんなさい！」

「おっと。はは、ちょっと多かったね」

濡れてしまったと笑う東雲に、悠人は咄嗟にその場にあった懐紙《かいし》を引っ摑んだ。

「すみません！　すぐ拭いて……、っ！」

しかし、慌てていたために懐紙を摑んだ手が東雲の杯に当たってしまう。並々と注がれていた杯は、そのまま東雲が肩にかけていた打ち掛けへと落下してしまった。――当然、その中身である酒も。

「……っ！」

「おやおや」

じわっと広がる染みを見て、東雲と黒鉄が驚いたように目を瞠る。悠人は一気に血の気が引き、サーッと真っ青になってしまった。

「っ、す……っ、すみま、せ……っ」

ちゃんと謝らないとと思うのに、もう頭の中が真っ白で、舌が強ばってうまく動かない。

（どうしよう、こんな……っ、こんなこと……！）

さすがの東雲も呆れただろう。

もしかしたら浮島のように怒り出すのではないか。ぶたれたりしたらどうしようと、悠人が恐慌状態に陥りかけた、その時だった。

「……そんなに緊張しないで、悠人」

困ったように笑った東雲が、そっと悠人の手を取る。懐紙を握りしめたままだった悠人の手をじっと矯《た》めつ眇《すが》めつ検分して、東雲はうん、と頷いた。

「杯が当たってしまったようだったけれど、特に赤くなってはいないみたいだね。どこか痛めたりしていないかい？」

「え……？　は……、はい。……大丈夫、です」

まさか自分の手の心配をされるなんて思ってもみなかった。戸惑いつつ頷いた悠人によかったと微笑んで、東雲が杯を拾い上げる。

「心配せずともこれくらいの染み、なんということはないよ。なにせ平助は染み抜きの達人だから」

「……どなたかがすぐ着物を汚すから、やむなく上達しただけです」

ため息をついた平助が、貸して下さい、と東雲からはぎ取るようにして打ち掛けを奪う。

どかされた黒鉄が、不満気にガァッと鳴き、平助の肩へと飛び移った。

「黒鉄、そこにいられるとやりにくいんだが……、ああ分かった、いていい！　いいから、耳を引っ張るな！」

ぼやく平助に抗議するように、黒鉄が嘴で挟んだ平助の犬耳をぐいぐい引っ張る。痛いと悲鳴を上げた平助は、渋々黒鉄を肩に乗せたまま、畳に打ち掛けを広げた。染みの下に懐紙を敷き、トントンと生地の上から軽く叩いて、慣れた様子で染みを移していく。

トントントン、と小気味よく刻まれるリズムに合わせて、黒鉄が平助の肩の上で体を上下させてダンスを始める。彼らを茫然と見ていた悠人に、東雲がゆったりと尻尾を揺らしながら笑いかけてきた。

「ね、平助も黒鉄もうまいものだろう？　だから着物のことは気にしないでいいよ」

「で……、でも」

「……それより、悠人」

す、と表情を改めた東雲が、低い声で悠人を呼ぶ。反射的にびくっと震えて、悠人はこくりと緊張に喉を鳴らした。

「は……、はい……」

「君は……」

じっと悠人を見つめた東雲が、顔を寄せてくる。近づいてくる綺麗な顔に、悠人は思わずぎゅっと目を瞑った。

（まさか、もういきなり……!?）

このまま隣の寝所に連れていかれるのだろうか、やはりお酒を零したことを怒っているのではと一瞬で様々な思いが駆け巡り、硬直してしまった悠人だったが。

「……っ、……っ、…………？」

何秒か経っても、なにも起きる気配がない。不思議に思った悠人は、おそるおそる目を開けてみた。

――すると。

「え……」

目の前で、東雲が自分のことをじっと見つめて微

笑んでいたのだ。その微笑みはどこか困ったような、それでいてくすぐったそうなもので。

「……困ったな」

悠人を見つめたまま、ぽつりと東雲が呟く。

悠人は思わず聞き返していた。

「な……、なにがですか？」

一体なにが困ったというのか。わけが分からず聞いた悠人に、東雲が苦笑して言う。

「ああ、すまない。君を怖がらせるのは不本意なんだが、怯える君があまりにも可愛くてね」

「……？　かわ……？」

「どうにも微笑ましくてつい、見入ってしまった。ごめんね？」

「え……、えっと……？」

それは一体どういう意味なのか。当惑する悠人だが、そこで平助が口を挟んでくる。

「人が悪いですよ、東雲様。彼が困っているではありませんか」

「ああ。だから謝っただろう？」

「あなたの謝罪はうさんくさいんです」

ばっさりと切って捨てられた東雲が、うさんくさい……、と呻く。

「……もっとちゃんと謝らなければならないということか？　それなら……」

「あっ、あの……っ」

悠人に向き直り、再度謝罪を口にしようとした東雲を、悠人は慌てて遮った。

二人の言わんとしていることはよく分からなかったが、謝るのは完全に自分の方のはずだ。これ以上東雲に謝られては立つ瀬がない。

「僕の方こそ、着物を汚してしまって申し訳ありませんでした！　時間はかかるかもしれませんが、必ず弁償を……！」

勢い込んで謝った悠人だが、東雲はくすくす笑いながら言う。

「そんな、こんなことで弁償なんてしなくていいよ。気にしないでって言っただろう？」

「でも……」

お酒を零してしまっておいて、なにもせずそのまというわけにはいかない。そう思った悠人だったが、トントンと、黒鉄と一緒に染み抜きをしつつ、平助も言う。

「本当に気にしなくて結構ですよ。この程度、いつもの泥ハネやら鉤裂《かぎざ》きやらに比べたら、なんということはありませんから」

「ど……、泥ハネ？　鉤裂きって……」

「……私はお役御免になっても、洗濯と繕いものの内職で食べていける自信があります」

平助のひと言に、悠人は驚いてまじまじと東雲を見つめてしまう。泥ハネに鉤裂きなんて、まるでやんちゃな子供みたいだ。

（……東雲さんが？）

こんなに落ち着いた大人の彼が、平助にそこまで言われてしまうほどしょっちゅう着物を汚しているだなんて、ちょっと信じられない。

けれど東雲は、悠人の視線に気づくと苦笑を零して言う。

「ね？　そういうわけだから、この件はこれでおしまい。そんなことよりも、君の話を聞かせてくれないかな」

「僕の話……、ですか？」

きょとんとした悠人に、東雲が頷く。

「ああ。さっきもね、本当は君に話を聞かせてくれって、そう頼むつもりだったんだ。君の元いた世界の話をもっと聞かせてほしいって」

「え……」

意外なひと言に、悠人は驚いてしまった。ということは、先ほどいきなり寝所に連れ込まれると思ったのは、ただの自分の勘違い——……。

「……っ、すみません、僕……！」

即物的な勘違いをしてしまったことに気づき、真っ赤になって謝った悠人に、東雲が鷹揚に笑う。

「ああ、いいよ、気にしないで。私も、源氏名を付けるとか君を買いたいだなんて、誤解させるようなことを言ってしまったから。あれはね、君の時間を買いたいって、そういう意味のつもりだったんだ」

言葉が足りなかったねと苦笑して、東雲が穏やかに続ける。

「君の元いた世界の話はとても興味深いものだった。私としてはもっと聞いていたかったが、君はお遣いの途中だと言っていただろう？　だから、いっそ送り届けがてら見世まで一緒に行けば、君の時間を買ってゆっくり話を聞けると思ったんだ」

「じゃ……、じゃあ、東雲さんは僕を……、抱くつもりじゃ、ない……？」

ようやく東雲の真意が分かって、体から力が抜けてしまう。緊張が解け、へなへなと畳に手をついた悠人をおっと、と両腕で支えて、東雲が気遣わしげに聞いてきた。

「大丈夫かい？　すまない、よっぽど緊張していたんだね。私がもっと早く気づいていれば……」

「気づいても可愛いからとしばらく眺めていた悪い大人は、どこのどなたでしたっけ？」

ため息混じりに言った平助が、終わりましたよ、と打ち掛けを東雲の肩にかける。すまないと礼を言った東雲の肩に戻ってきた黒鉄が、自分の手柄とばかりにぶわっと誇らしげに胸毛を膨らませた。

ご苦労様、とその嘴を指先で撫でて労をねぎらった東雲が、悠人に向き直り、苦笑を浮かべて言う。

「さっきのことを持ち出されると耳が痛いが……、心配しなくとも、私は本当に話を聞くだけのつもりだよ。君の嫌がることは誓ってしないから、安心してほしい。まあ、初対面の私の言葉を信じろという方が無理かもしれないが……」

「そんなこと……！」

東雲の言葉に、悠人は勢いよく頭を振った。

東雲は、自分のことを助けてくれた。

きっと彼は黒鉄のことがなくても、同じように自分を助けてくれただろう。

それに。

（僕の元いた世界の話を聞きたいって、そう言ってくれた。……僕のことを気味悪がらずに）

さっきはもしかしたら東雲も浮島のように、自分を気味悪がるのではと思ってしまったけれど、今なら分かる。この人はそういうことを考える人ではない。

（この人は……、東雲さんは本当に純粋に、僕の世界のことを知りたいって思ってくれているんだ）

この世界に来てからずっと、異世界から来た自分に引け目を感じていた。気味悪がられても仕方がない、耳ナシと蔑まれてもそれはしょうがないことなのだと、そう自分に言い聞かせていた。

でも、東雲の前ではそう思わなくていいのだ。自分のことを気味が悪いと思わないこの人の前では、傷つけられるかもとびくびく怯えたり、引け目を感じたりしなくていいのだ。

（……嬉しい、な）

なんだか、この世界に来てようやく、息が吸えたような心地がする。ようやく、無理をせず自然に顔を上げられた気がする――。

悠人は東雲を見上げ、声を弾ませた。

「あの、僕でよければ、精いっぱいお話しします……！」


色子として買われたわけではないのだから、本当ならお代を返すべきじゃないかとも思うが、東雲の性分では、悠人がそうしたいと言ったところでやんわりと断られてしまうだろう。

それなら、彼の知りたいことをできる限りたくさん話す方が、きっといい。

『相手が支払ったお代分、きっちり満足させること。それが色子の仕事だよ』

送り出してくれた時の鈴蘭の言葉を思い出し、今自分にできることをと思って告げた悠人に、東雲がゆったりと尻尾を揺らしながら頷く。

「そう言ってもらえると嬉しいよ。よし、それならまずはなにか料理でも頼もうか。なにが食べたい、悠人？」

「あ……、いえ、僕は……」

「ああ、言っておくが、遠慮はなしだよ。さっき驚かせてしまったお詫びも兼ねているんだからね」

悪戯っぽく言った東雲が、軽く手を叩いて禿を呼ぶ。お呼びでしょうか、と現れた禿に、東雲は次々と料理を注文していった。

「とりあえず寿司と吸い物……、油揚げの吸い物は用意できるかい？　できたら焼いただけのものももらいたいんだが。ああ、あと、炒った銀杏《ぎんなん》も」

「……油揚げと銀杏が好きなんですか？」

聞いて参りますと一度禿が下がったところで、悠人はくすくす笑いながら聞いてみた。東雲は狐の獣人のようだし、イメージ通りだと思ったのだ。

「もしかしてお寿司っていうのも、お稲荷さんが好きだからとか？」

「……オイナリサン？」

しかし東雲は悠人の言葉に首を傾げて聞き返してくる。

「いや、銀杏は黒鉄の好物でね。油揚げは私の好物なんだが……、そのオイナリサンというのは聞いたことがないな。それはなんだい？」

「え……、知りませんか？　稲荷寿司っていって、甘く煮た油揚げの中に、五目煮とか、胡麻を混ぜた寿司飯を詰めた食べ物なんですけど……」

狐といえば油揚げや稲荷寿司というイメージがあった悠人は戸惑ってしまう。

悠人の言葉を受けて、東雲が知っているかと平助に視線を向ける。しかし平助も頭を振って言った。

「いえ、私もそういった食べ物は聞いたことがありませんね。こちらの世界にはない料理なのでは？」

「……そうなんだ……」

食べ物は似通っていると思っていたが、やはり元いた世界となにもかも同じではないらしい。

悠人は少しぎこちなく笑いながら告げた。

「お稲荷さんがないなんて、ちょっと残念です。実はお稲荷さんは、僕の両親の大好物だったんです。両親は僕が幼い頃に交通事故で亡くなってしまったんですが、三人でよくお稲荷さんを作って一緒に食べていて……。こっちの世界に飛ばされる時も、ちょうど両親のお墓参りにお稲荷さんを作って持っていった帰りだったんです」

結局下げてきたお稲荷さんは食べられなかったけど、と苦笑を浮かべた悠人に、東雲が痛ましそうな顔つきになる。

「……そうだったんだね」

「あ……、す、すみません、湿っぽい話をしてしまって」

場を盛り下げてしまうようなことを言って申し訳ないと慌てた悠人だったが、東雲は膝立ちになると、悠人を正面から抱きしめてきた。

「……っ」

突然長い腕に抱きしめられ、驚く悠人の背をぽんぽんとあやすように撫でて、東雲が優しく語りかけてくる。

「つらいことを思い出させてすまない」

「そ……、そんな、つらいだなんて……。もう十年も前のことなので……」

両親の死は自分にとってはもう過去のことだ。そう言った悠人だったが、東雲は頭を振ってそれを否定する。

「何年経とうが、つらい思い出はつらいものだ。それに、交通事故というものは、もしかすると君がこの世界に飛ばされてきたのと同じようなものなのではないかい？」

「あ……」

察しのいい東雲に言い当てられて、悠人は返す言葉を失ってしまう。やはりな、と頷いて、東雲はぎゅっと一層強く悠人を抱きしめてきた。

力強い、けれど優しい腕が、しっかりと悠人を包み込んでくれる。お日様のようなあたたかい匂いのする腕の中で、悠人はどぎまぎと視線を泳がせた。

「し……、東雲さ……」

「軽率に元の世界のことを聞きたいなどと言って悪かった。君にとっては怖い記憶でもあるのに……」

低い声に悔恨を滲ませて、東雲が続ける。

「もし君が思い出したくないようだったら、無理に話さなくてもいいよ。今日は私がこの世界のことを話してあげるから……」

「い、いいえ、大丈夫です。ちゃんとお話しできます」

「だが……」

「させて下さい」

躊躇う東雲の逞《たくま》しい胸元をそっと押し返して、悠人は少し赤くなった頬を誤魔化すように照れ笑いを浮かべた。

確かに、車に轢かれた時の記憶を思い出すのは怖い。でも、元の世界のことを思い出して話せるなんて、自分にとっても嬉しいのだ。

「僕のいた世界のことを知ってもらえるの、嬉しいです。それにこの世界のことも知りたいから、違うところがあったら教えていただけたらもっと嬉しいです」

「……そうか。君がそう言うなら。だが無理はしないでいいからね」

念押しするように言った東雲が、ようやく抱擁を解いてくれる。はい、と悠人が笑ったところで、禿が厨から戻ってきた。

銀杏はありませんでしたが、油揚げはお吸い物も焼き物もご用意できます、と告げた禿に頷いて、東雲が悠人に尋ねてくる。

「ではそれを頼もう。あとは悠人、君の好きなものは？　遠慮なく頼んでいいよ」

「えっと……、じゃあ、なにか甘いものを……」

こちらの世界に来てからろくな食事を与えられておらず、正直おなかはとてもすいていたが、あまり高価なものを頼むのも気が引ける。

考えた末、この先もなかなか口にすることができないであろう甘味をおずおずとリクエストした悠人だったが、東雲が付け加えた言葉に驚いてしまう。

「ならば水菓子も干菓子も、ひと通り全種類持ってきておくれ。ああ、通りの向こうに人気の練り切り屋があったはずだから、ひとっ走り行って買い占めてきてくれるかい？　あと、熱物もあるといいな。あたたかいぜんざいか、蒸し饅頭《まんじゆう》か……。いや、いっそどちらももらおうか。それから……」

「ま、待って！　待って下さい、東雲さん！　そんなに全部食べられませんから！」

まだまだ追加しそうな気配を察して制止した悠人に、東雲がきょとんとする。

「おや、悠人は甘いものが好きなのかと思ったが、違ったのかい？」

「す……、好きですけど、でも」

　なにか一品頼ませてもらえる、程度に考えていた悠人が後込《しりご》みしているのを見て、平助がお茶を啜《すす》りながら呟く。

「諦めて下さい、悠人。どうやら東雲様はすっかりあなたを肥えさせる気満々のようですから」

「肥えさせるって……」

　どうして、と目が点になった悠人だったが、東雲は当然とばかりに言う。

「そんな細い体で、心配になるなという方が無理だろう。遠慮せずなんでも食べるといいよ。ああ、甘味だけでは物足りないだろう。焼き物はなにがあるのかな？　肉と魚と貝と……、ああ、茸もよさそうだね。まあ、出せるだけ全部……」

「東雲さん！」

　大慌てで叫んだ悠人に、黒鉄が驚いたようにバサバサッと翼を広げてガアッと抗議の声を上げる。

　くすくすと笑う禿の声に顔を赤くしながら、悠人はどうしたら東雲の暴走をとめられるのか、文字通り頭を抱えたのだった。


　夜も更けた花街では、ちらほらと帰路に就《つ》く酔客が現れ始めていた。

　丸い赤提灯を手にした下男が、千鳥足の侍の足元を照らしながら大門へと送っていく。

　いつもは大通りに面した格子越しにその光景を眺めるばかりだった悠人だが、この日は初めて見送る側に回っていた。

「ここでいいよ。寒いから早く中にお入り」

　かなりの量の酒を過ごしたというのに顔色一つ変えず、見世の入り口で振り返って優しくそう言った東雲に、悠人は深く頭を下げた。

「今日は本当にありがとうございました、東雲さん。すっかりご馳走になってしまって……」

　あの後、次から次へと注文しようとする東雲に、食べ終わってまだ余裕があればお願いしますからと必死に説得してなんとか焼き物数点、寿司と油揚げのお吸い物で勘弁してもらった悠人だったが、結局甘味については最初に注文した通りひと揃い並べられてしまった。

当然食べきれなかった悠人に東雲は、日持ちがするものは後で食べなさい、残りは他の色子たちに配るといいと言ってくれた。おかげで色子仲間たちは滅多に食べられない甘味にありつけて大喜びで、悠人は皆からお礼を言われてしまった。

(もしかすると東雲さん、最初からそのつもりだったのかもしれないな……)

もちろん東雲が、悠人が満腹になるようにと配慮してくれたことは間違いないだろう。しかし彼は、悠人がずっと色子仲間たちに世話になりっぱなしで申し訳なく思っていることにも気づいていたような気がする。

きっと東雲は、悠人が仲間たちにお礼ができるようにと、多めに甘味を注文してくれたに違いない。

(すごく気を遣ってもらっちゃったよな……。その上東雲さん、元の世界の話もすごく楽しそうに聞いてくれるから、話しやすかったし)

それほど話し上手ではない悠人が、こんなに長い時間自分のことを話せたのも、ひとえに東雲が聞き上手だったからだ。東雲が興味深げに相槌を打ってくれて、この世界ではこうだよとか、それについてもっと詳しく教えてほしいと話を広げてくれたから、悠人は最初の緊張も忘れて気づくと色々なことを話していた。

学校のこと、友人のこと、元の世界の社会の仕組み、この世界にはない食べ物や機械のこと――。

『……驚いたな。悠人のいた世界は、ここよりずっと進んだ社会のようだ』

学ぶべきところがたくさんある、と唸った東雲は、どうやらこの櫨国以外の国のことも知っているらしく、様々な国について教えてくれた。

『この櫨国は海に囲まれた島国でね。西の海を越えたところには、ここより遥かに大きな大陸が広がっている。そこには騎馬民族が暮らしていて、領土を巡って争いを繰り返しているそうだ』

大陸の北には氷に覆われた極寒の地が広がり、煌びやかな宮廷が築かれている。そして反対の南側には砂漠が広がり、そこでは巨大な王の墓がいくつも建てられている——……。

『……なんだかまるで、世界史がごちゃごちゃに存在してるみたいです』

僕の世界でも過去にそういう国があって、と話す悠人に、東雲は是非その話を詳しく聞かせてくれと目を輝かせていた。

いい加減もうお暇しますよと平助に促されても、あと少しだけ、もう少しだからと言って、何度も花代を追加してくれて——。

(こんなに色々してもらって、なにかお礼ができればいいんだけど……)

けれど、自分にできることでお礼になりそうなものなんて、そう思いつかない。東雲は欲しいものはなんでも持っていそうな気がするし、第一自分はプレゼントできるようなものなど何一つ持っていないのだ。

せめてなにか自分にできることは、と考え込んだ悠人に気づいた東雲が、心配そうに問いかけてきた。

「どうしたの、悠人？　なんだか難しい顔をしているね。ひょっとして気分でも悪い？」

「あっ、いいえ、大丈夫です。その、なにかお礼ができたらと思って考えてたんです。でも、贈り物とかなにも思いつかなくて……」

正直にそう言うと、東雲は少し意外そうに耳を振った。

「そんなことを考えていたのかい？　君はやはり変わっているねえ。普通、贈り物をするのは客の方なんだが」

「……普通はそうなのかもしれませんけど、僕は東雲さんにとても助けられたので、そのお礼がしたいんです」

だが、今ここで贈れるようなものなどないし、用意しておくからまた来てほしいと言うのもなんだか押しつけがましい気がする。昼間の一件から察するに彼は有名人のようだし、他の見世でも彼を待っている色子はたくさんいるだろう。

考え込んでしまった悠人を見て、東雲の肩にとまった黒鉄が、クケ？　と首を傾げる。くすくすと笑った東雲が、黒鉄の嘴を撫でて言った。

「……じゃあ、お言葉に甘えて一つ、頼みを聞いてくれないかな？」

「え……、あっ、はい！　なんでしょう？」

まさか東雲からそんなことを言ってもらえるなんて思わなかった。驚きつつも嬉しくて、勢い込んで聞き返した悠人に、東雲がふふっと笑って告げる。

「さっきの話で出てきたイナリ寿司を、是非食べてみたくてね。三日後にまた来るから、作ってくれないだろうか」

「……東雲様」

東雲の言葉が終わるや否や、悠人がなにか答えるより早く、平助が眉間に皺を寄せて東雲を咎める。

「なにを言い出すかと思えば……。ご自分のお立場をお考え下さい。一体どういうおつもりで……」

「だって食べてみたくないかい？　オイナリサン」

歌うような調子で言った東雲が、ねえ、と黒鉄に問いかける。カア、と機嫌よく答えた黒鉄にそうだろうと目を細めて、東雲はふっこりした尻尾をゆらゆらと揺らした。

「黒鉄も食べてみたいって」

「都合よく解釈しないで下さい。大体、黒鉄は寿司は食べられないでしょう！　彼もいい迷惑に決まっています！」

ぶわっと黒い尾を膨らませて怒った平助に、黒鉄がガァーッと抗議するような鳴き声を上げる。悠人は慌てて申し出た。

「あの、僕でよければお稲荷さん、作ります！」

稲荷寿司なら今まで何度も作ったことがあるし、こちらの世界にある材料でも作れる。なにより、東雲が食べてみたいと言ってくれているのだ。

「こんなことでお礼になるか分からないけど、でも僕の世界の食べ物、是非食べてみてほしいです。東雲さんにも、もちろん平助さんにも」

先ほど自分が元の世界の話をしていた時、平助も真剣に話を聞いてくれていた。それに、彼は案外甘党のようで、頼んだぜんざいを幸せそうに食べていたのだ。

甘じょっぱい稲荷寿司も、きっと気に入ってもらえると思う。

「その時には黒鉄用に銀杏も用意してもらえるよう、頼んでおきます。お稲荷さんも頑張って美味しく作りますから、食べに来てもらえませんか？　お願いします……！」

深々と頭を下げた悠人に、平助がたじろぐ。

「い……、いえ、あなたに頼まれても……」

「おや、せっかくの悠人の好意を断るのかい、平助？　悪い男だなあ」

「語弊のある言い方をなさらないで下さい！」

にっこり笑った東雲に叫び返して、平助がハアとため息をつく。

「分かりました……。三日後ですね。ご予定を調整しておきます」

耳も尻尾も力なくしょげさせた平助に、悠人はパッと顔を輝かせてお礼を言った。

「ありがとうございます！　僕、頑張ります！」

「……断ったら黒鉄になにをされるか分かりませんから」

銀杏と聞いた途端に瞳を煌めかせた黒鉄が、当然だとばかりに体を上下させてダンスを披露する。ふふ、と微笑んだ東雲が、長い指先で黒鉄の胸元をくすぐって言った。

「美味しいオイナリサンと銀杏、期待しているよ、悠人。それじゃあね」

ひらりと打ち掛けの裾を翻した東雲が、提灯を掲げた下男の先導で大門へと帰っていく。

通りの両脇にいくつも灯された赤い提灯に照らされた東雲の姿は、なんだか幻想的な一枚の絵のようだった。ふわふわと揺れる大きな尻尾とゆるやかな癖のある長い髪をいつまでも見つめていた悠人だったが、そこで背後から誰かがぴょんと飛びついてくる。

「やったな、悠人！」

「わ……っ、リン！」

振り返るとそこには、小さな丸い耳を嬉しそうに震わせたリンがいた。悠人に後ろから抱きついたまま、ニッと笑みを浮かべて言う。

「すごいじゃん！　あの人、東雲様だろ？」

「え……、リン、東雲さんのこと知ってるの？」

確かに有名人のようだったが、リンも知っているとは思わなかった。驚いた悠人に、リンが笑う。

「当たり前だよ！　なにせ、あの人が通う色子は必ず売れっ子になるって有名なんだから！」

「え……」

「だからどこの見世もあの人に来てもらおうって必死なんだぜ。ほら」

見ろよ、と言われて再び東雲を見やると、そばの見世から飛び出してきた手代《てだい》がしきりに自分の見世へ寄るよう勧めている。すまないね、とさらりとそれを断って去っていく東雲の後ろ姿に、悠人は茫然としてしまった。

「そんなにすごい人だったんだ……」

「何年か前からこの花街に出入りしてるらしくてさ。狐一族って銀狐以外は普通の商人とか武士だから、多分なんか商売やってる人じゃないかな。とにかく羽振りがよくて、それもあって花街中の見世から引く手数多なんだぜ。なんだ、知らないで引っ張ってきたのか？」

驚くリンに、悠人は手短に事情を説明する。

「お遣いに行った先で困ってたところを、東雲さんが助けてくれたんだ。ほら、あの白い烏、黒鉄っていうんだけど、黒鉄の飼い主が東雲さんだったんだよ。それで僕が別の世界から来たって言ったら、話を聞かせてほしいって……」

「へー、そうだったのか。あ、そういえば栗饅頭ありがとな！　めちゃめちゃ美味かった！」

どうやらリンのところには栗饅頭が配られたらしい。栗がごろごろでさあ、と夢見心地で話すリンにどういたしましてと微笑みつつ、悠人は言った。

「美味しかったならよかった。でも、僕じゃなくて、東雲さんが皆にって言ってくれたおかげだよ」

「いやいや、そういう気前のいい客を摑んだのは、やっぱ悠人の色子としての才能だからさ。ほんとありがとな！　東雲様、このまま悠人の常連になって、これからもちょくちょく来てくれるといいなあ。悠人が売れっ子になってくれたら、毎日栗饅頭食べられるかもしれないし」

完全におやつ目当てのリンに笑ってしまいながら、悠人は告げた。

「それは無理じゃないかなあ。だって東雲さん、話を聞きに来ただけだし」

彼が通う色子は売れっ子になるジンクスがあるということだったが、今回東雲が見世に来てくれたのは、自分が別の世界から来た存在だったからだ。色子として魅力があると思われたからではなく、ただ単に話を聞きたいと思ってもらえただけなのだから、自分にそのジンクスは当てはまらないと思う。

「あ、でも、一応三日後にまた来てくれることになったんだ。今日のお礼に、お稲荷さんっていう僕の世界の料理を作る約束でね。その時また話ができたらいいなって思ってる」

声を弾ませた悠人だったが、その時、ぼそりと背後で声がする。

「……オイナリサン、ね」

振り返った悠人は、そこに佇んでいた紫苑の姿に驚いた。

「紫苑さん！　あれ、お客さんは……」

「もう終わった。……帰れ」

紫苑に背を押されて見世から追い出された客が、へらへらと紫苑に笑いかける。

「し、紫苑くん。また来るから……」

「別に来なくていい。……次」

しっしっと不機嫌そうに長い尻尾を揺らし、客をあしらった紫苑が、通りがかりの侍の腕をがしりと摑まえる。

「なっ、なんだ、いきなり！　無礼であろう！」

「……俺じゃ不満か？」

耳をしゅんと寝かせ、上目遣いで聞いた紫苑に、侍の顔が目に見えて真っ赤に茹《ゆ》だっていく。

「う、む……！　べ、別にっ、不満とは……！」

「……ご新規、一名様」

すっと表情を消した紫苑が、見事にひっかけた客の侍を下男に押しつけ、案内を命じてさっさと見世の中へと戻っていく。

残された悠人は、隣で唖然としているリンにこっそり呟いた。

「……ああいうのが色子としての才能って言うんじゃない？」

「……だな」

顔を見合わせ、二人で同時に吹き出す。

「僕が売れっ子とか、無理無理！　あんなの真似できるわけないいし！」

「だな！　オレも無理！」

朗らかな二人の笑い声に、近くの座敷から聞こえてくる三味線の音が重なる。

艶やかなその音も、この夜ばかりは軽やかに聞こえて、悠人はリンと一緒になって目尻に涙が滲むほど大笑いしたのだった。

軽く握った五目入りの酢飯を、甘く煮て半分に切り、開いておいた油揚げの中に詰める。艶々と光る油揚げの口をくるりと折り畳んで形を整え、悠人はできあがったそれを重箱の隙間に詰めた。

「……うん、綺麗にできた！」

並べたお重の一段目には俵型の五目稲荷寿司、二段目には三角形のシラスと炒り胡麻の稲荷寿司。隙間には黒鉄用に炒った銀杏も詰めてある。

仕上げに彩りで木の芽を散らし、しっかりとお重の蓋を閉めてから、悠人は使った調理器具を片付け始めた。忙しく立ち働く太兵衛たち厨番に声をかけ、洗い物を一手に引き受ける。

（東雲さん、喜んでくれるといいな）

食べたらどんな顔をするのだろう、と端整な顔立ちを思い浮かべて、悠人は顔をほころばせた。

――東雲が花籠を訪れてから、三日が経った。

あの後、悠人は稲荷寿司を作る許可をもらうため、浮島に事情を話した。

自分が不在の間に悠人に上客がついたことを訝しんでいた浮島だったが、その客が『東雲』だと分かるや否や、態度を豹変させた。

『あの東雲が、三日後に来ると言ったのだな⁉　あの東雲が！』

小躍りせんばかりに喜んだ浮島は、悠人に三日間見世には出ず、稲荷寿司作りに集中するように命じてきた。

『いいか、お前はそのイナリ寿司とやらを作り上げろ。費用はいくらかかっても構わん。ただし、次に東雲が来た時には、お前は座敷に上がるな。東雲の相手は鈴蘭と紫苑にさせるからな』

『え……』

驚く悠人に、浮島は顔をしかめて言い渡した。

『当たり前だろう。あの東雲相手に粗相があっては、この花籠の名に傷がつく。なんとしてでもこの見世を贔屓にさせねばならんのだぞ』

源氏名も付けられていない、ましてや耳ナシのお前では話にならないと当然のように言う浮島に、悠人は分かりましたと引き下がるほかなかった。東雲は自分が耳ナシだなんて気にしないことは知っていたけれど、浮島に逆らうのは怖い。それに。

（お座敷遊びなら、僕より鈴蘭さんや紫苑さんの方が、絶対東雲さんを楽しませられるだろうしなあ）

二人は歌も踊りもお座敷遊びも完璧だし、なんといっても色子としてしっかり床で客を楽しませられる。東雲も花街に来ているからには、ただ話をするだけでなく、やはり色子を抱きたいだろう。

色子として経験を積んでいれば、自分が東雲の床の相手をすることもできたのだろうが――、とそこまで考えかけて、悠人は赤面した。

（いや、む、無理だよ。いくら東雲さんがイケメンでも、男に抱かれるとか……）

けれど、いずれは悠人も客に抱かれなければならないのだ。そうしなければ、またあの冷たく暗い部屋に閉じこめられてしまうかもしれない――。

（……それだけは、嫌だ）

ぐっと唇を引き結んで恐怖を堪えて、悠人は洗い桶の中の調理器具を洗う手のスピードを速めた。

せめて直接稲荷寿司を持っていって味の感想を聞きたかったたが、今日は一日厨の手伝いをするよう、浮島に言いつけられている。東雲が耳ナシの悠人の姿を見て不快に思ったらどうする、イナリ寿司は禿に運ばせるからお前は座敷には近づくなと、そう厳命されていた。言いつけを破ったりしたら、また浮島に鞭打たれるだろう。

たすき掛けにした袖から覗く腕の傷は、紫苑からもらった薬のおかげもあって少しずつ癒えてきているものの、この三日間でまた新しくつけられたものもあり、しっかり赤い痕が残ってしまっている。これ以上傷が増えたら、ただでさえ耳ナシということで客がつきにくいのに、誰からも見向きもされなくなってしまうかもしれない。

客を取るのは怖いし、男に抱かれるなんて嫌だけれど、鞭打たれ、閉じこめられるのはもっと嫌だ。痛い思いも怖い思いも、もうしたくない。

東雲に会えないのは残念だけれど、諦めるしかない。この世界でも、やはり自分に自由なんてないのだから――。

（……後で鈴蘭さんたちに、どんな様子だったか聞いてみよう）

先ほど見世に東雲が到着したと禿が教えてくれたから、今頃通された座敷では宴が始まっているはずだ。夕焼け色に染まった厨にも、そろそろ三味線の音が聞こえてくるだろう。

美味しいと思ってもらえるといいなと思いながら、悠人はせっせと洗い物を片付けていった。

（こっちの世界でも、洗い物ばっかりしてるなあ）

自分がこちらの世界に来たのはつい半月ほど前なのに、色々なことがありすぎて、なんだかもっと時間が経っているように思える。

向こうの世界では、自分のことはどういう扱いになっているのだろう。やはり行方不明者だろうか。

無事だったとは思うけれど、あの女の子は元気にしているだろうか。事故のことや自分のことで、あまりショックを受けていないといい。

大和は、どうしているだろう。伯母は厄介なことになったと怒っているだろうが、きっと彼は心配してくれているはずだ。もしかしたら消えた自分を探してくれているかもしれない。

一緒にいたことで、責任なんて感じていないといいけれど――。

と、丁寧に器をすすぎながら、悠人がつらつらととりとめもないことを考えていた、その時だった。

「悠人！　悠人、大変だ！　早く来てくれ！」

着物の裾をからげたリンが、突然厨に走り込んできたのだ。血相を変えた彼に驚いて、悠人は前掛けで濡れた手を拭った。

「リン？　どうしたの？　一体なにが……」

「いいから早く来いって！　あっ、イナリ寿司は⁉」

「ここにあるけど……」

完成したばかりの稲荷寿司のお重を示すと、リンがほっと安堵の表情を浮かべる。

「よかった！　じゃあそれ持って、早く！」

「う、うん……」

なにがなんだか分からないが、リンがここまで慌てているなんてただ事ではない。悠人はわけが分からないまま、お重を抱えてリンの後を追った。

「悠人、こっち！」

「っ、こっちって……」

しかし、リンが向かったのは、花籠でも一番上等な座敷だった。他の座敷がある建物と回廊で繋がっており、離れのような造りになっているその座敷は、庭に四季折々の花が咲き、見世のすぐそばを流れる小川を眼下に望むことができる。贅を凝らした調度品が揃えられており、上得意を招いて催される花見や月見の席なども、主にそこで開かれていた。

当然そこには今、東雲が通されているはずだ。

「待って、リン。僕、今日はお座敷に近づくなって言われてて……」

今日は浮島も東雲に挨拶すると言っていたから、もし見つかったらただではすまない。慌ててリンを押しとどめようとした悠人だったが、その時、襖の向こうから低い声が聞こえてくる。

「……分からない男だな。私はただ、悠人を出せと言っているだけだよ。なにも難しいことじゃないだろう」

明らかに苛立っていると分かるため息混じりの声に、悠人は思わず自分の耳を疑ってしまった。

（この声……、東雲さん、だよね？）

やわらかな美声は東雲その人で間違いないはずなのに、険のある響きは驚くほど冷たくて、一瞬別人だろうかと思ってしまう。だが、この座敷に通されるのは特別な客のみだし、なにより視線を向けた先でリンが強ばった顔で何度も頷いているから、間違いないだろう。

一体なにがあったのか、と悠人が戸惑っている間にも、襖の向こうで浮島がなんとか東雲をなだめようとする声が聞こえてくる。

「いえいえ、あのような者に東雲様のお相手など、到底務まりません。本日はこちらの鈴蘭と紫苑がお相手致しますので……」

「必要ない。私は悠人に会いに来たんだ。彼に『オイナリサン』をご馳走してもらう約束でね」

「もちろん、ご所望のものは用意してございます。今、禿に運ばせますので……」

「だったら悠人も一緒に呼べばいい。それとも、彼をここに呼べない訳でもあるのか？」

ぐ、と声のトーンを一層低くした東雲が、浮島に迫る気配がする。

「まさか、彼は別の客に……」

「失礼致します！」

と、その時、悠人の隣にいたリンが声を張り上げた。驚いた悠人を後目に、シンと静まりかえった座敷に向かって告げる。

「お料理をお持ちしました！　……ほら、悠人」

後半は悠人にしか聞こえないような小さな声で言って、リンが悠人を促す。悠人は戸惑いつつも小さく頷き、廊下に膝をついた。

おそらくリンは、座敷で東雲と浮島が悠人を呼ぶか否かで揉めているのに気づいて、悠人を呼びに来たのだろう。


酔客が金も払わず気に入りの色子を出せと暴れているのならともかく、東雲は最初から悠人に会うつもりで来て、すでに花代も支払っている。その上で鈴蘭と紫苑をあてがおうとしているのは、完全に浮島の押し売りだ。

(僕よりも、鈴蘭さんと紫苑さんがお相手した方が東雲さんも楽しいいんじゃゃって思ったけど……)

だが、東雲ははっきりと自分に会いたいと言ってくれている。

浮島には後で責められるかもしれないが、それでも自分に会いに来てくれた東雲をこのまま帰すわけにはいかない。

相手が支払ったお代分、きっちり満足させること。それが色子の仕事なのだから。

悠人は一度お重を置くと、襖を開けてその場で三つ指をついた。

「お待たせいたしました、悠人です」

「……っ、お前……」

顔を上げた悠人を見て、浮島が眉間に皺を寄せる。

きつく咎めるその視線に一瞬怯みかけた悠人だったが、それより早く、浮島の前に膝をついていた東雲が立ち上がって歩み寄ってきた。

「……よかった。今日はもしかして会えないんじゃないかと思いかけたところだったよ。君が他の男に買われてしまったんじゃないかってね」

苦笑しながら三角の耳を少し伏せ、自分の前に膝をついた東雲の肩には、今日も黒鉄が乗っている。いつも通り、穏やかで優しい声に戻った東雲にほっとして、悠人は身を起こして笑った。

「そんなことあるわけないです。言ったじゃないですか。僕を買いたがるような人はいないって」

「おや、ここに一人いるよ？」

「東雲さんは別ですよ」

話を聞きに来てくれているんだからと笑うと、東雲が小さくなにか言いかける。

「いや、私は……」

しかし東雲はそこで言葉を呑み込むと、ふっと笑みを深め、頭を振って続けた。

「……まあいい。君が来てくれたんだからね。ああ、待たせてすまなかった。君たちはもういいよ」

立ち上がった東雲が、浮島の後ろに並んで座っていた鈴蘭と紫苑に声をかける。失礼致します、と一礼した二人を、浮島が慌てて引き留めようとした。

「ま、待て、二人とも、まだ東雲様が……」

「その東雲様が、下がれって言ってんじゃねぇか」

うんざりしたように長い尻尾を揺らしながら言った紫苑に続いて、鈴蘭もはんなりと微笑む。

「楼主様。私たちも、私たちを望んで下さる旦那様のお相手をしとうございます」

「鈴蘭、だが……」

「……悠人」

追い縋ろうとする浮島をよそに、鈴蘭が悠人をそっと呼ぶ。とんとんと指先で自分の腕を示し、目配せする鈴蘭に気づいて、悠人はハッとした。

「……っ」

そういえば、ここまで急いで来たから、着物の袖をたすき掛けにしたままだった。露わになった腕には、幾筋も鞭の痕が残ってしまっている。

部屋を出ていく鈴蘭に目線でお礼を伝え、悠人は手早く紐を解いて袖を直す。気づかれなかっただろうか、不快な思いをしていないといいけれどと思いながらそっと窺うも、東雲はすでに踵を返して上座に戻っていた。先日同様、その斜向かいには平助も座っている。

座布団の上にあぐらをかいた東雲が、まだ残っていた浮島に告げた。

「……ああ、楼主殿も、ここはもういいよ。料理は後で頼むから」

「で、ですが……」

悠人がなにか粗相をしないか気になるのだろう。残りたそうな素振りの浮島に、東雲がにっこり笑って言う。

「忙しい時間帯にわざわざ悪かったね。後でまた声をかけるから」

「他の色子は不要だ。来ても追い返すから、そのつもりで」

平助にもそう言われて、浮島が頭を下げる。

「……っ、畏まりました。それでは、どうぞごゆるりとお過ごし下さい」

口上を述べた浮島が、すれ違いざま悠人を睨みつけてくる。目論見が外れて腹を立てているのだろうが、こうなってはもうどうしようもない。

(後でどうなるか考えると怖いけど……、でも、東雲さんに会えたんだからいいや)

今は自分に会いたいと言ってくれた東雲に、精いっぱい接客しよう。

そう思いつつ悠人はお重を中に入れ、襖を閉めて改めて挨拶した。

「こんばんは、東雲さん、平助さん。今日は来て下さってありがとうございます」

「……約束しましたから」

仕方ないと言わんばかりの平助に、東雲がため息をつく。

「愛想のない奴だなあ。本当は平助だって、オイナリサン楽しみにしてたくせに」

「そうなんですか？」

楽しみにしてくれていたなんて嬉しい。悠人が視線を向けると、平助が渋々といった様子で頷く。

「……異世界の食べ物がどんなものか、少し興味があっただけです」

素っ気なく言う平助だが、その黒い尻尾はふるふると震え、まるでご馳走を待つ犬そのものだ。悠人は東雲とこっそり視線を交わして微笑み合い、お重を二人のところまで運んだ。

「楽しみにしてくれて嬉しいです。いっぱい作ったので、たくさん食べて下さいね」

パカ、とお重の蓋を開けると、二人が覗き込んでくる。

「へえ、これがオイナリサン。いい匂いだね」

目を細めた東雲の肩で、目ざとく銀杏を見つけた黒鉄が嬉しそうに声を上げる。後でね、と黒鉄に笑って、悠人は説明した。

「油揚げを甘く煮て、中に寿司飯を詰めているんです。ご飯になにも混ぜないこともあるんですけど、うちでよく作っていたのはこの五目ご飯と、あとこっちのシラスだったので、二種類作ってみました」

取り皿に一つずつ載せ、どうぞと差し出す。

「東雲様、まずは私が……」

じっと稲荷寿司を見つめてそう言った平助だったが、それより早く、東雲が箸でひょいと五目の稲荷寿司を取って、ぱくりと食べてしまう。

「……っ、東雲様！」

「……ん」

目をつり上げた平助に構わず、東雲がもぐもぐと口を動かす。一瞬目を瞠ってぶるるっと耳を震わせた後、目を閉じてじっくりと味わい始めた東雲に、悠人はドキドキと緊張してしまった。

「どう、ですか……？」

さっき少し味見した時はうまくできたと思ったけれど、東雲がどう感じるかは分からない。

こくりと喉仏を上下させた東雲に、おそるおそる聞いてみる。すると東雲は目を開き、にっこりと笑って言った。

「……驚いた。こんなに美味しい料理は初めて食べたよ。いや、本当に美味しいな、これは」

「本当ですか？　よかった！」

喜んだ悠人に、東雲が顔をほころばせて頷く。

「ああ。お世辞抜きに、今まで食べた料理で一番好きだ。具は人参と……、ヒジキかな？　このシャキシャキしているのは？」

「あ、それは蓮根です。あとは干し椎茸と胡麻が入っています。もっと豪華な具材に変えるように言われたんですが、両親と作っていた稲荷寿司を東雲さんにも食べてほしくて……」

具を豪華にしろと言ってきたのはもちろん浮島だ。東雲は高級な料理を食べ慣れているのだから、そんな貧乏くさい料理など気に入られるわけがないだろう、もっと高価な食材を使えと迫られたが、それでも稲荷寿司といえばこの五目だからと押し通して、レシピは変えなかった。

変えなくてよかったと嬉しく思っていると、東雲が目を細めて尻尾をゆらゆらと揺らす。


「そうか……。ではこのイナリ寿司は君の家の味、というわけなんだね。味わわせてもらえて嬉しいよ。こちらはシラス入りと言ったっけ？」

「東雲様」

しかし、東雲がもう一つの方に箸を伸ばそうとしたところで、平助がそれを遮る。

「なんだい、平助。食べないの？」

すごく美味しいよ、とそう言う東雲に、平助は仏頂面で唸った。

「食べますよ。食べますが……」

ちら、と悠人を見た平助が、咳払いして言う。

「……悠人、あなたを疑うわけではないのですが、こういった場合は私が先に毒味をすることになっているのです。私は彼の護衛ですから……」

気を悪くしないでくれと言う平助に、もちろんですと慌てて頷こうとした悠人だったが、それより早く、東雲が肩をすくめてため息をついた。

「まったく、私の護衛殿は心配性で困るね。悠人が心を込めて作ってくれたイナリ寿司だよ？」

言うなり、もう一方の三角の稲荷寿司をひょいっと取り上げ、二口で食べてしまう。

「東雲様……」

頭を押さえて呻いた平助に、少し同情してしまった悠人だったが、東雲はどこ吹く風といった様子でシラスの稲荷寿司を食べ、顔をほころばせた。

「うん、こちらも美味しいな。五目より少し甘さ控えめで、さっぱりしているね」

一緒に入っているのは白菜の漬け物かな、と言い当てた東雲は、ますます仏頂面になった平助に苦笑してみせた。

「私だって、少しでも危険を感じればお前に任せるさ。だが、今日はそんな心配はいらないだろう？」

「ですが……」

「ほらほら、早く食べないと、私が独り占めしてしまうよ」

反論しようとした平助を遮り、東雲がお重からひょいひょいと追加の稲荷寿司を取る。綺麗な箸使いなのに、欲張っていくつも自分の取り皿に稲荷寿司を乗せ、こんもりと山を作る東雲がおかしくて、悠人は思わず吹き出してしまった。

「ちょ……っ、東雲さん、取りすぎですって。まだいっぱいありますから」

「いやいや、こんなに美味しいのだからすぐに食べてしまうよ。というか、悠人は？」

「え？」

「食べないの？」

予想外のことを聞かれて、悠人は戸惑ってしまった。

「僕、ですか？　でもこれは、東雲さんと平助さんのために作ったものですし、それに……」

続けようとした言葉を、悠人は慌てて呑み込んだ。一拍置いて、照れ笑いを浮かべる。

「……それに、今はおなかがいっぱいなので」

見え透いた嘘《うそ》と分かっていてもそう言ったのは、お客さんの東雲に見世の決まりを話すのが躊躇われたからだ。

浮島には日頃から、客に注文させた料理以外は手をつけるなと厳しく言われている。この稲荷寿司の味見も、最後の最後にようやく一口ずつ許されたくらいで、空腹がつらいなら客を取れ、うまくねだって料理を注文させてお零れをもらえと命じられていた。

（僕がそんなこと言ったら、東雲さんはきっとまたいっぱい料理を注文しちゃうだろうし……）

今日はお礼がしたくて来てもらっているのに、そんなことになったら本末転倒だ。笑って誤魔化した悠人だったが、東雲は悠人の言葉を聞いた途端、ぐっと眉間に皺を寄せて唸った。

「もしかして、あの楼主からお前は食べるなと言われているのかい？」

「い……、いえ、そんなことは……」

「悠人は嘘が下手だね」

思わず目を泳がせた悠人に、東雲がふっと笑みを落とす。すみませんと小さく謝って、悠人は精いっぱい笑みを浮かべて言った。

「でも取り皿もお箸も二人分しか持ってきていませんし、お二人でどうぞ」

最初からそのつもりだったしと、そう言った悠人に、東雲がちらりと平助を見やる。もう稲荷寿司を食べ始めている平助が、バツが悪そうに耳と尻尾をうなだれさせた。

「……申し訳ありません、口をつけてしまいました」

口をつけていなかったら、平助の箸を悠人に使わせるつもりだったのだろうか。慌てて、自分はいいからと再度断ろうとした悠人だったが、その時、東雲が自分の箸で五目の稲荷寿司を取って言う。

「仕方ないね。悠人、ほら」

「……？」

「あーん」

「……っ！」

甘く低い声で口を開けるよう促されてようやくその意味に気づき、悠人は驚いてしまった。

「い……っ、いいです、そんな！　僕はいいですから！」

「でも、せっかく作った思い出の味だろう？　禿を呼んで取り皿を頼んだら、あの楼主に君がイナリ寿司を食べたと知られてしまうかもしれないし」

ね、とにこにこ微笑みながら、東雲が悠人の口元に稲荷寿司を近づけてくる。

「心配しなくても、ここには君がこのイナリ寿司を食べたことを楼主に告げ口するような者はいないよ。ね、黒鉄？」

東雲に聞かれた黒鉄が、任せろとばかりにカァッと声を上げる。身を乗り出し、悠人が食べないなら自分が食べるぞとでも言わんばかりに左右に小首を傾げる黒鉄に、東雲が駄目だよと苦笑して言った。

「その様子じゃ、味見でもあまり食べられなかったんじゃないかい？　こういうのは一緒に食べた方が美味しいから。ね？」

「でも……」

「……私と同じ箸では嫌かい？」

しゅーん、とふこふこの耳と尻尾を下げて、東雲が肩を落とす。いかにも悲しげなその様子に、悠人は慌てて東雲を取りなした。

「い……、嫌じゃないです！」

「本当？　じゃあ、はい」

途端ににこにこ顔に戻った東雲に、もしかして今のはわざとだったんだろうかと気づいてももう後の祭りだ。

いただきます、と羞恥を堪えて呟いた悠人は、ままよと口を開けた。嬉しそうに目を細めた東雲が、悠人の口に五目の稲荷寿司を運んで言う。

「ふふ、なんだか雛鳥みたいだねえ」

「……っ」

ぐふ、と思わずむせそうになったのをなんとか堪え、必死に稲荷寿司を咀嚼《そしゃく》する悠人を見つめて、東雲が美味しい？　と楽しそうに聞いてくる。にこにこと機嫌よさげに黄金の大きな尻尾を揺らしている東雲に、悠人は思わず苦笑してしまった。

(作ったのは僕なんだけど……)

東雲に喜んでもらうつもりが、いつの間にか逆転してしまっている。けれど、東雲に食べさせてもらった稲荷寿司は確かに、一人で味見した時よりも美

味しく感じられた。

よく噛んで味わってから、悠人は東雲を見つめ返してお礼を言った。

「……美味しかったです。あの、ありがとうございます。本当はすごく、すごく食べたかったんです。僕にとってこのお稲荷さんは、大事な思い出の味だから……」

この世界に稲荷寿司はないということだったし、次はいつ食べられるか分からない。だから本当は自分も食べたかったと打ち明けた悠人に、東雲が優しい目をしてそっと聞いてくる。

「……確か、亡くなったご両親が好きだったと言っていたね？」

「はい。僕はその後、親戚の家に引き取られたんですけど、そこの人たちはあまり稲荷寿司が好きじゃなくて……。だから両親の命日にお墓参りに行く時くらいしか作れなかったんです。でも、一緒にお墓参りに行ってくれる幼なじみがいて、彼と帰りに稲荷寿司を食べながら、もう一年頑張ろうって、毎年そう思っていて」

大和は今頃どうしているだろうと思うと、寂しさが一気に溢れてくる。

この世界に飛ばされたということは、自分は彼の目の前で消えてしまったはずだ。大和はきっとなにが起こったか分からず、心配しているだろう。

（……戻りたい）

両親が亡くなってから、ずっと肩身の狭い思いをしてきた。でも、もう少しでそれから解放されるはずだった。伯母にお金を返さなければならないとしても、それでも自分の力で稼いで、生きていけるはずだった。それなのに。

（帰りたい、戻りたい……、でも、帰れない）

そう思った途端、喉を塞がれたような重苦しさが込み上げてきて、悠人はきゅっと唇を引き結んで必死に気持ちを切り替えた。

できないことをいつまでも引きずっていたら、目の前のできることだってできなくなってしまう。

それに、自分は今までどんなにつらいことがあっても、一年に一度のあの時間があったから頑張れた。それはきっと、ここでも同じはずだ。

「……うん、頑張らなきゃ。せっかく命が助かったんだから、いつまでもくよくよしてたら父さんも母さんも悲しむ。東雲さんと一緒に、こうしてお稲荷さんも食べられたんだから」

元気を出さないとと、顔を上げて懸命に笑みを浮かべた悠人に、東雲が呟く。

「君は……」

「……東雲さん？」

じっと綺麗な黒い瞳に見つめられて、悠人は少し戸惑いを覚える。そんなに変なことを言っただろうかと首を傾げかけたその時、東雲がふっと笑みを浮かべて言った。

「いや、すまない。君があまりにもいい子で、なんというか、すっかり心が洗われてしまってね」

「……東雲様とは大違いですからね」

お茶を啜りながら混ぜ返す平助に、うるさいよと苦笑を零して、東雲が悠人の口元にシラス入りの稲荷寿司を差し出してくる。

「え……っ」

「頑張り屋の悠人に、もう一つご褒美だよ。ほら」

あーん、とにっこり笑った東雲が口を開けるよう促してくる。

「あ……、ありがとうございます」

おずおずと口を開けると、甘い稲荷寿司がそっと口の中に押し込まれる。じゅわっと溢れ出す油揚げの甘い出汁《だし》とシラスのほのかな塩気、ぷちぷちと弾ける胡麻の触感とやわらかな寿司飯――。

「……美味しい」

「だろう？　まあ、作ったのは私じゃなく、君なんだけどね」

悪戯っぽく笑う東雲につられて、つい笑ってしまう。くすくすと笑いながら稲荷寿司を食べる悠人を優しく見つめていた東雲だが、そこでふっと眉を寄せて呟いた。

「しかし、君を見ていると少し心配になるな。もしかしなくても今までずっと、嫌なことがあっても我慢してきたんじゃないかい？」

「……そんなこと、ないです」

今度は目が泳がないようにと、そう意識して言った悠人だが、東雲にはまた笑われてしまう。

「悠人は本当に嘘が下手だね」

「……すみません」

「謝らなくていいよ。いいことなんだから」

そうだろう、と話を振られた黒鉄が、大きく翼を広げてカァと鳴き、せかすように東雲のふかふかの耳を突つく。はいはいと苦笑しつつ、黒鉄に銀杏をあげた東雲が、思案するように首を傾げた。

「だが、悠人はどうも頑張りすぎてしまいそうで心配だな。時には嫌なことは嫌と言うことも必要なんだが、今の立場じゃそれも難しいだろうし……」

「それは……、でも、仕方のないことですから」

心配してくれる東雲にそう答えた悠人だったが、東雲はそうだと呟くと、チリンと呼び鈴を鳴らして禿を呼んだ。お呼びですか、とすぐに現れた禿に、にこやかに告げる。

「すまないが、楼主を呼んでくれるかい。話したいことがあるんだ」

畏まりました、と禿が下がったところで、平助がじっと東雲を見つめて唸った。

「東雲様、まさかとは思いますが……」

「うん？　ああ、お前の思っている通りだよ」

東雲が頷いた途端、平助が顔をしかめて叫ぶ。

「ご冗談でしょう⁉　こちらに来るのは今日だけという約束で……」

「そのつもりだったんだが、それではもう気がすまなくなってしまってね。すまない」

「謝るくらいならお考え直し下さい……！」

語気を強める平助だが、東雲は苦笑を浮かべて肩をすくめてみせる。

「私が言い出したら聞かない性分なのは、お前が一番よく知っているはずだろう？」

「……っ、開き直らないで下さい！」

「あ……、あの、お二人とも落ち着いて下さい。ケンカは……」

急に揉め出した二人に驚き、戸惑いつつも慌てて仲裁しようとした悠人だったが、そこで平助がちらっと悠人を見やって言う。

「大体、そういったことはまず、彼の意思を確認すべきなのではありませんか？」

「え……、ぼ、僕？」

突然巻き込まれて当惑する悠人だったが、平助は憤懣《ふんまん》やる方ないとばかりに東雲を睨んで続ける。

「嫌なことは嫌と言えと、たった今そう仰ったばかりでしょう。だというのに、彼の意思も聞かずに話を進めるのはどうかと思いますが」

「…………」

「それともあなた、まさか本気で……」

「……平助」

平助の言葉を、東雲が静かに遮る。強く光る瞳でじっと平助を見据えた後、東雲は少し困ったように微笑んだ。

「そうだ、と言ったら？」

「……っ、東雲様……」

目を瞠った平助が、ぐっと険しい顔をして唸る。

一体なんの話なのかわけが分からず、口を挟むことも躊躇われて、悠人がおろおろと二人を見比べた、その時だった。

「失礼致します。お呼びと伺い、参りました」

廊下から浮島の声がする。表情を改めた東雲が、すっと平助から目線を外して応えた。

「ああ、入ってくれ。すまないね、呼びつけて」

「いえいえ、東雲様のお呼びでしたら。いかが致しましたか？　もしやこの者がなにか粗相を……」

部屋に入ってきた浮島が、ちらりと悠人を見やって尋ねる。ぎらりと光るその目に一瞬身がすくみかけた悠人だったが、それより早く、東雲が悠人の肩を自分の方へと抱き寄せてきた。

「っ、東雲さん？」

「まさかそんなこと、あるわけがないだろう」

穏やかな、しかしきっぱりとした声で浮島の言葉を否定した東雲が、低い声で呟く。

「やはりきちんと順番は守った方がいい、か……」

「……？　あの……」

一体なんのことか、尋ねようとした悠人だったが、東雲はいや、と頭を振ると、やわらかな声で問いかけてくる。

「……ね、悠人。私にこうされるのは嫌かい？」

「え？　い、いえ、嫌じゃない、です」

距離が近くて少し気恥ずかしくはあるけれど、東雲が信頼できるいい人なことはもう分かっているし、守ってもらえているようで安心する。そう答えた悠人に、東雲は重ねて問いかけてきた。

「じゃあ、私がこれから君のことを独占したいと言ったら？　……許してくれるかい？」

「……独占？」

一体なんのことだろう。言葉の意味を量りかねて聞き返した悠人だったが、どうやら浮島にはその意味が分かったようだった。

「まさかこの者を買い上げるおつもりですか⁉」

「か……、買い上げ？」

仰天したように叫んだ浮島の言葉に、悠人は大きく見開いた目を瞬かせた。苦笑を浮かべた東雲が、少し伏し目がちに悠人を見つめて頷く。

「ああ。私は君の話をもっと聞きたいが、あいにく次にいつ来られるか分からなくてね。こちらに来た時に君が他の男に買われていたら業腹だし、しばらく君を独占させてほしいんだ。そうだな……、とりあえず向こうひと月」

どうかなと聞いてくる東雲に、悠人はぽかんとしてしまった。話が突飛すぎてついていけない。

（独占？　ひと月分って……）

しかし、悠人が話を理解するより早く、浮島がにこにこと満面の笑みで東雲に返答しようとする。

「なんと、悠人をそこまでお気に召していただき光栄でございます。東雲様がそのおつもりでしたら、もちろんこちらに否やは……」

「すまないが」

揉み手で言う浮島を遮って、東雲が告げる。

「少し待っていてくれないか、楼主殿。呼びつけておいて悪いが、まだ悠人と話をしていなくてね。まずは彼の意思を確認したいんだ」

「……見事な棚上げですね」

ぼそりと呟いた平助に、黒鉄がカア、と同意するようにひと声上げる。

しかし、東雲の言葉を聞いた浮島は、おかしそうに笑って食い下がってきた。

「これはこれは、なにを仰いますやら。東雲様、この花籠の楼主は私です。委細は私が承知していればよいこと。第一このようなよいお話、お断りするわけが……」

「……楼主殿」

静かな、しかし強い響きの声で、東雲が浮島を制する。す、と目を細めて、東雲はあくまでもやわらかな声で浮島を諭した。

「あなたのお考えは分かったが、私はあくまでも彼の気持ちを尊重したいのだ。……よいかな？」

「は……、そ……、それはもう、もちろん」

もごもごと口ごもった浮島が、ちらっと悠人を見てくる。茫然としていた悠人は、その視線で我に返り、とりあえず話を整理しようと東雲を見上げて聞いた。

「あの、東雲さん。僕まだよく分かっていないんですが……。さっきのお話はその、僕の花代をひと月分前払いしたいと、そういうことですか？」

浮島とのやりとりを聞いた限りでは、どうもそのような話に思える。確認した悠人に、東雲が頷いた。

「ああ、そうだよ。君はひと月他の客を取らなくていいし、私は会いたい時に君に会える。悪くない話だと思うけれど、どうかな？」

「どうって……」

問われて、悠人は思わず渋い顔をしてしまった。

「……あの、それはやめた方がいいと思います」

唸るようにそう言った悠人に、東雲が少し表情を曇らせて聞いてくる。

「……それはまた、どうしてだい？」

「だって、お金が勿体ないです」

視界の端で浮島がすごい形相でこちらを睨むのが見えたけれど、言わずにはいられなくて、悠人は正直に伝えた。

「前にも言いましたけど、僕を買うお客さんなんていないいんです。前払いなんてしなくても、他のお客さんが僕を買っていることなんてないと思います」

東雲の申し出は嬉しい。

いくら誰からも見向きもされないとはいえ、悠人が誰かに買われる可能性はゼロではない。ひと月彼に買ってもらえれば、その間は見知らぬ男に抱かれるかもしれない恐怖から解放される。

けれど、ゼロではないとはいえ、ゼロに限りなく近い可能性のために東雲に大金を払わせるなんて、申し訳なさすぎる。ましてや彼は自分を抱きたいと思っているわけではなく、ただ話を聞きたいだけなのだ。

(僕は色子としてここに置いてもらってるんだから、いくら怖くても、嫌でも、いずれお客さんを取らなきゃならない。……東雲さんの厚意に甘えちゃ、いけない)

きっと東雲は、嫌なことを嫌と言えない今の自分の状況に同情して、こんなことを言い出したのだろう。先ほど平助が揉めていたのも、東雲の意図に気づいてとめようとしていたに違いない。

(僕だって、平助さんと同じ立場なら絶対東雲さんをとめてる……。だって、どう考えても無駄な出費だし)

すでに東雲にはたくさん助けてもらっている。今までしてもらったことだけでも感謝でいっぱいなのに、この上そんな真似までさせられない。

悠人は少し俯いて笑みを浮かべた。

「僕も東雲さんと話すのすごく楽しいから、そう言ってもらえて嬉しいです。でも、来られない日にもお金を払ってもらうってなんか違う気がします。だからこれからも、東雲さんの都合のいい時に来てもらえれば……」

「……参ったな」

前払いなんてしなくていいからまた来てほしいと、そう言おうとした悠人だったが、皆まで言う前に東雲が口を開く。なにが、と東雲を見上げた悠人は、大きく目を瞠った。

東雲の綺麗な耳と尻尾がしゅーんと、再度うなだれていたのだ。

「し……、東雲さん……」

「……悠人に振られてしまった」

ぺたりと耳を伏せた東雲が、あからさまにがっかりと肩を落とす。

（ちょ……っ、ひ、卑怯……！）

東雲のこれは、絶対にわざとだ。先ほど稲荷寿司を食べさせられた時と同じ手口に決まっている。

だが、そうと分かっていても、目の前でこんなにも落ち込まれると慌てずにはいられない。

「あの、振るとかそんな……！」

「……でも、私に独占されるのは嫌なんだろう？　やはり金で君を買おうという根性がいけなかったのか……」

心なしか、きゅうきゅうと獣が悲しげに鼻を鳴らす空耳まで聞こえてくるようだ。

うっと怯みつつ、悠人はなけなしの非情さを掻き集めて、負けないぞと言い募った。

「ち……、違います、嫌なんかじゃありません。僕は売れっ子でもなんでもないので、いつ来ても大丈夫ってだけです！」

「そんなこと分からないだろう？　今までは幸運にも誰も君の魅力に気づいていなかったようだが、世の中そんな男ばかりじゃないよ」

「魅力って……、でも僕はその、耳ナシで」

今までさんざん言われてきた言葉を口にした悠人に、東雲がふっと笑う。

「……耳ナシ？」

すう、と目を細めた東雲は、身を屈めると悠人の耳に手を伸ばしてきた。

「……こんなに可愛い耳がついているのに？」

「……っ！」

低い囁《ささや》きと共に、長い指先がするりと悠人の耳朶を撫でる。ぞくん、と背筋に走った甘い痺れに、悠人は瞬く間に真っ赤になってしまった。

「な……、な、な……」

「ほら、可愛い。なあ、黒鉄？」

同意を求められた黒鉄が、クケ？　と首を傾げる。くすくす笑ってその嘴を撫でた東雲が、悠人にのんびりと告げた。

「ねえ、悠人。気づいていないのかもしれないけれど、君はとても魅力的なんだよ。確かに私たちのような耳や尻尾はないが、それはそれで不思議な魅力があるし、なにより君はとてもいい子だ。いつ誰がそれに気づいて、君を囲いたいと言い出したって不思議はない」

「か……、買いかぶりです。僕はそんな、東雲さんが思うようないい人間じゃないです」

真正面から褒められて、悠人はどうしていいか分からなくなってしまう。

「僕よりも東雲さんの方がずっと、ずっといい人だと思います」

「私？」

驚く東雲を見やって、平助がぼそっと呟く。

「……ありえませんね」

「こらこら。まあそうだけれど、お前がそれを言ったら駄目だろう」

苦笑した東雲が、悠人に向き直って尋ねてくる。

「つまり悠人は、私が君のところに通うこと自体は嫌じゃないけれど、私がこちらに来られない日も花代を受け取るのは気が進まない、と。そういうことかな？」

「はい。勿体ないし……、なんかズルしてるみたいで落ち着かないです」

突然触れられてドキドキしてしまったけれど、どうやら東雲はあの心臓に悪い、落ち込んだ振りはやめてくれたらしい。別の意味で心臓に悪かった気はするけれどと思いつつ、とりあえずほっと安堵した悠人だったが、そこで東雲がふむ、と少し思案顔をした後、にっこり笑って告げる。

「よし、それならこれから毎日、私のためにイナリ寿司を作ってもらう、というのはどうだい？」

「え？　い、稲荷寿司？」

いきなり突拍子もないことを言われて、悠人は自分の耳を疑ってしまう。面食らっている悠人に、東雲は楽しそうに頷いた。

「ああ。言っただろう？　今まで食べてきた料理の中で一番好きだって。私はこのイナリ寿司がとても気に入ったんだ。是非また食べたいが、あいにく次にいつ来られるか分からない」

「あ……、それなら作り方を詳しく教えますから」

東雲は裕福そうだから、きっとお抱えの料理人もいるだろう。特別な材料を使うわけでもないし、その人に作ってもらえばと思った悠人だったが、東雲は悪戯っぽく片目を瞑って言う。

「君の作ったオイナリサンがいいんだよ、悠人。だから、私がいつ来てもいいように、君に毎日イナリ寿司を作っておいてほしいんだ。来られない日には遣いをやって取りに来させるし、余ったら君がお世話になっているこの見世の子たちで食べたらいい。こんな我儘《わがまま》を通すためには、君を毎日独占しておくしかないだろう？」

「東雲さん……」

それはさすがにこじつけがすぎるのではないだろうか。躊躇う悠人に、東雲が重ねて言う。

「君に会いに来ることは、私にとってそれだけの価値があるんだ。美味しいイナリ寿司も食べられるしね。……駄目、かな？」

強引に話を進めておきながら、最後はそっと、悠人に聞いてくる。焼きたてのパンみたいな色の耳を少し伏せ、遠慮がちに聞く東雲に、悠人は思わず笑ってしまった。

「……しょうがないですね、もう」

「……悠人、それじゃあ」

東雲が嬉しそうに、パッと目を輝かせる。悠人に振られたと落ち込んでいたのはあからさまに振りだったが、こちらは素の反応だろう。

ふるふると揺れる、先だけ白い尻尾がなんだかもうたまらなく可愛く思えてしまって、悠人は頷いた。

「美味しいイナリ寿司、頑張って毎日作りますね」

「っ、ありがとう！　嬉しいよ、悠人」

声を弾ませた東雲が、バッと悠人に抱きついてくる。大きな体に真正面から抱きすくめられて少しびっくりしつつも、悠人はその背に腕を回した。

「わ、……ふは、この場合、お礼を言うのは僕の方だと思うんですけど」

「そんなことないよ。私が嬉しいんだから。ありがとう、本当に」

目を細めた東雲が、そっと顔を寄せてくる。

「……悠人」

低くかすれた、やわらかな声。

頬を包む手は大きく、優しいのに何故か身動きがとれない。

伏せられた東雲の黒い瞳の奥に、熾火《おきび》のようなとろりとした光が、見えて――。

(……え?)

あれ、と悠人が目を瞬かせた、その時、それまで黙っていた浮島が追従の笑みを浮かべて東雲に声をかけてきた。

「話がまとまったようで、なによりでございます。では、詳しいお話は別室で……」

「……ああ、そうだな。……平助」

すっと表情を消した東雲が、平助を呼ぶ。

するりと悠人から身を離した東雲に、平助が仏頂面で唸った。

「畏まりました。では、後の話は私が……」

「いや、私も行こう。……大事な話があるからね。すまない、少し席を離れるよ、悠人」

「あ、は、はい」

すぐ戻る、と言い置いた東雲が、自分の肩から悠人の肩へ黒鉄を移す。お留守番、と言われた黒鉄が、カア、と翼を広げてひと声鳴いた。

(今……)

座敷を出ていく三人を見送りつつ、悠人は先ほどの光景を茫然と思い起こす。

近づいてきていた東雲の綺麗な顔。

頬に添えられていた、あたたかな指先――。

(今、キスされそうになった?)

思い至った途端、ぶわっと顔が熱くなって、悠人は勢いよく頭を振った。肩に乗った黒鉄が迷惑そうに睨んでくるのに気づいて、慌ててごめんと謝る。

（い……、いやいやいや、違うし。東雲さんはそういう……、そういう人じゃ、ないし）

――けれど、彼は自分を買ったのだ。

もし彼がそれを望めば、自分は応えなければならない――……。

（……いや、それはないよ。だって東雲さんは今まで何人もの色子を売れっ子にしてきたような人なんだから）

ちょっと冷静になって、悠人はないないないと自分の想像を否定した。

さっきのは、ただの勘違いだ。顔になにかついていたとか、ちょっと見つめる時間が長かったとか、そんなところなのだろう。

遊び慣れている彼が、自分のような色気のない色子を望むはずがない。

「勘違いしたら、東雲さんに失礼だよねえ？」

苦笑しつつ、黒鉄に問いかけて、悠人はお重からひょいと銀杏を摘まんだ。手の平に載せて差し出すと、黒鉄が嬉しげにバタバタと翼を羽ばたかせて銀杏を食べる。

「美味しい？　これからいっぱい銀杏も用意しておくからね」

微笑む悠人に、黒鉄がきゅるりと目を輝かせ、嘴を擦りつけてくる。

くすぐったいと笑いつつ、悠人は黒鉄のおねだりに応えるべく、もう一つとお重に手を伸ばしたのだった。

パンッと広げた浴衣の生地を手で伸ばして、悠人はふうと息をついた。

「これで終わり、と。んー、いい天気」

ぐーんと伸びをして、高い空を見上げる。晴れ渡った青空には大きな白い雲が二つ、ぷっかりと並んでいて、まるで海を泳ぐクジラのように気持ちよさそうだった。

風に揺れる洗濯物からは、かすかに柑橘のようなさっぱりとした香りが漂ってくる。この世界では石鹸《せっけん》は貴重品で、普段の洗濯には洗剤代わりになる木の実を使っており、それが柑橘のような香りを発しているのだ。

「意外にちゃんと汚れ落ちるから、すごいよなあ。まあ、手荒いするのは大変だけど」

自分のいた日本でも、きっと電化製品が普及する前の洗濯は重労働だったのだろう。でも汚れが落ちると気持ちいい、と綺麗になった襦袢や浴衣を眺めて、悠人はにこにこと笑みを浮かべた。

——悠人が東雲に買われることになって、半月が過ぎた。

あれから毎日悠人は稲荷寿司を作り続けており、東雲も二、三日置きに悠人の元を訪れている。

いつ来られるか分からないと言った通り、東雲の訪いはいつも突然で、時には見世の終わる時間ぎりぎりに来たりする。顔を見に来ただけだからと二、三言交わしただけですぐに帰ることもあり、そんな時は必ず東雲の背後で平助が渋い顔をしていた。

（多分東雲さん、結構無理して来てくれてるんだろうな……）

あまり無理しないで下さいと何度か言ったこともあるが、そんな時も東雲は決まって、君に会うための無理は無理と思わないからねえ、とのんびり笑って誤魔化す。なにかと気が抜けない毎日だから悠人に会うとほっとするんだよ、君の話を聞くのは面白いしねと言う東雲のために、悠人はリンに頼んで按摩を教えてもらった。

平助はいつも稲荷寿司を食べ終わると退室してしまうため、東雲にはおなかが落ち着いた頃を見計らって、隣室の布団に寝転んでもらう。そこで東雲にマッサージをしながら元の世界のあれこれを話すのがお決まりの流れで、東雲はますます癒やされてしまうねえと嬉しそうに耳や尻尾を揺らしていた。

布団に寝転んでもらうといっても、最初に言っていた通り東雲は悠人に手を出すつもりはないらしく、そういう雰囲気になったことは一度もない。最初に東雲が悠人をひと月買い上げると言った時にキスされそうな気がしたのは、やはり悠人の勘違いだったのだろう。

東雲はマッサージが終わると平助と一緒に帰っていき、朝まで一緒に過ごしたこともなかった。

（……東雲さん、今日は来られそうかな）

昨日来てくれたばかりだから、今日は無理かもしれない。そう思いつつ、悠人はまくっていた作務衣《さむえ》の袖を下ろした。

この花街の色子は、日常生活でも女物の着物しか着ることを許されていない。しかし、この作務衣は東雲が贈ってくれたもので、特別に着用を許されていた。

というのも、着物だと料理や掃除がしづらい、せめて作務衣があったらいいのにとぼやいた悠人に、東雲が興味を示したのだ。作務衣とはなにかと悠人に細かく聞いた東雲は、それから数日後、似たものを仕立てさせてみたんだがと言ってこれを持ってきて、悠人に贈ってくれた。

花代を一ヶ月も前払いしてくれている上、日頃から甘味などをよく贈ってくれる東雲から、これ以上贈り物なんて受け取れない。そう言って遠慮しようとした悠人に、東雲は君の寸法で仕立てさせてしまったし、こういうものは遠慮せず受け取ってくれる方が嬉しいものだよと笑うばかりだった。

嫌ならしまっておいて構わない、だがもしよかったら普段着として使ってほしい、楼主には私から伝えておくからと言ってくれた東雲のおかげで、悠人は昼間は作務衣姿で立ち働いている。

（東雲さんのおかげで、すごく仕事がやりやすくなった……。腕の傷ももうすっかり治ったたし……）

どうやら東雲はあの日、悠人をひと月買い上げることを別室で話した際、浮島に釘を刺したらしい。いかなる理由があろうが彼を鞭打つことは今後一切許さない、三度の食事ももっときちんとしたものを用意するように、もちろん他の色子の扱いも同様に、でなければこの話はなかったことにする、と。

そう言ってたんだぜと興奮気味に教えてくれたのは、聞き耳を立てていたらしいリンだ。浮島はもちろんですと慌てていたそうで、以降本当に悠人を鞭打つこともなくなり、色子たちの食事も品数が増えた。

（……気づいてたんだなあ、東雲さん）

おそらく東雲はあの日、最初に悠人が座敷に入ってきた時に腕の傷に気づいていたのだろう。その時はなにも聞かれなかったから、まさか浮島にそこまで言ってくれているなんて思ってもみなかった。

東雲の言葉を渋々聞き入れている浮島は、悠人の顔を見る度に、しっかり東雲をたらし込めよと釘を刺してくる。まさか悠人が東雲といつも話をしているだけとは思っていないのだろう。こんな子供のどこがいいのかと、その目にはありありとそう書かれており、悠人は本当のことが言えずにいた。

浮島だけでなく、周囲の誰もが当然悠人は東雲に抱かれていると思っている。それどころか、これまで数々の浮き名を流してきた東雲が、初めて前金まで支払って通っている色子とあって、悠人は花街でも評判になりつつあった。

異世界から来た耳ナシの色子に、あの東雲が入れあげているらしい。東雲が未だに源氏名を付けていないのは、その色子のことを他の者に知られたくないからだ――。

（東雲さんが前金を支払ってくれているのは僕に同情してくれているからで、源氏名を付けないのも、最初に僕が勘違いして慌てたから、抱くつもりはないっていう意思表示なだけなのに……）

浮島も、東雲が悠人に源氏名を付けないことを最初は不審に思っている様子だったが、世間の評判を聞いて態度を変え、謎めいた色子という噂を煽っている。

　そのため、今や噂が一人歩きしている状態で、悠人はお遣いにも行けなくなってしまった。代わりに昼間は厨を手伝ったり、こうして洗濯を買って出て立ち働いている。

　おそらく自分は、約束のひと月が過ぎたら東雲が通っていた色子として売りに出されるのだろう。その時のことを思うと今から憂鬱だったが、東雲と過ごしている時はなるべくそれは考えないようにしようと、悠人はそう決めていた。

（どのみち僕は体を売ってお金を稼がないといけないんだ。そうしなきゃここから出られないし、元の世界に帰る方法だって探せない。それは仕方ないんだから、今は忙しい合間を縫って来てくれてる東雲さんの要望に応えることだけ、考えよう）

　東雲がなんの仕事をしているのか気になって、それとなく聞いたこともあるが、世のため人のための仕事だよ、と笑ってはぐらかされてしまった。あまり聞かれたくないのかもしれないと、それ以上追及しないでいるが、ここに来る時間もバラバラだし、商人とも武士とも雰囲気が違う気がして、不思議で仕方ない。

　だが、たとえ東雲が何者であったとしても、こんなに色々してもらって、感謝してもしきれない。せめて美味しい稲荷寿司を作ろうと、悠人は毎日具を変えたりして工夫していた。

（でも東雲さん、なに食べても美味しいって褒めてくれるからなあ。せめて紫苑さんくらい、はっきり好みが分かればいいんだけど）

　厨で稲荷寿司を作っていると、色子仲間たちが入れ替わり立ち替わり味見にやってくる。中でも紫苑は毎日やって来て、悠人が目を離した隙にひょいと摘まんでは、これは美味いだのこれは好きじゃないだのと批評していくのだ。

（紫苑さんはネギが嫌いで、シラスが好きなんだよね。鈴蘭さんは梅と紫蘇《しそ》を混ぜたやつが好きで、リンは栗と胡麻入り）

　皆の好みはこんなに分かるのにな、と苦笑して、悠人は縁側に座ってぼんやりと空を眺めた。

悠人の作る稲荷寿司は色子仲間たちにも好評で、座敷で客に出したいという声も上がっている。今まではなんとなく、東雲のために作っているものだからとやんわり断っていたが、出してもいいかどうか聞いてみてもいいかもしれない。

(今日は初心に帰って五目に戻してみたけど……、喜んでもらえるかな)

東雲が来られない時は、見世が始まる時間までに遣いの子が稲荷寿司を取りに来ることになっている。お遣いはいつも白鉄《しろがね》という、とても無口だが顔立ちの綺麗な白髪の少年だった。

(そういえば、白鉄くんはなんの獣人なんだろう)

耳元も髪で隠れているし、尻尾らしきものも特に見たことがない。もし彼が今日来たら聞いてみようかなと悠人が思った、ちょうどその時だった。

「……悠人」

廊下の向こうから、低くてやわらかい声に呼ばれる。振り返った悠人は、肩に黒鉄を乗せた東雲の姿にパッと笑みを浮かべ、続いて首を傾げた。

「東雲さん！　あれ、でもどうして……」

来てくれて嬉しいが、見世が始まる時間まではまだだいぶあるし、それにここは色子たちが生活している棟で、こちらに客を通すことは禁じられている。

不思議に思った悠人だったが、その時、東雲の陰から鈴蘭が顔を出す。

「僕がお通ししたんだよ。さっきいらしてね」

「そうだったんですね。ありがとうございます、鈴蘭さん」

浮島に知られたら事だが、今日は夕方まで出かけていて不在のはずだ。見世を開けるわけにもいかないからと、機転をきかせてくれたのだろう。

お礼を言った悠人に、鈴蘭が微笑む。

「東雲様には悠人がお世話になっているしね。追い返したりしたら、それこそ楼主様に叱られるよ」

しれっと肩をすくめる鈴蘭は、万が一浮島に知られて咎められても、そう言って切り抜けるつもりなのだろう。助かるよと苦笑する東雲に、ふと気づいて悠人は聞いてみた。

「そういえば東雲さん、今日は平助さんと一緒じゃないんですね」

「ああ、実はあいつは別件で用事があってね。夕方まで帰ってこないから、この隙にとこっそりこちらに来たんだ」

本当は屋敷で大人しくしていろと言われていたんだけどね、と茶目っ気たっぷりに笑ってみせる。

(平助さん、苦労してるんだろうなあ。……僕は会えて嬉しいけど)

苦笑を浮かべた悠人同様、くすくすと笑った鈴蘭が、弾んだ声で悠人に告げる。

「それでね、悠人。東雲様、今日は悠人に贈り物を持ってきて下さったんだよ」

「贈り物?」

思いがけない言葉に、悠人は驚いて東雲を見た。東雲が頷き、手にしていた行李《こうり》を開けてみせる。

「悠人は動きやすい服の方が好きなようだから、外出用にこんなのはどうかなと思ってね」

行李の中には、真新しいシャツとシンプルな絣《かすり》の着物、鮮やかな翡翠色《ひすいいろ》の裏地が綺麗な外套《がいとう》と紺色の袴《はかま》、革のブーツが入っていた。花街でもよく見かける書生スタイルで、確かにこの格好なら動きやすいだろう。

と、悠人はそこで、ブーツの隣に置かれているものに気づいて、目を瞬かせた。

「これは?」

焦げ茶色の半円状の耳が付いたカチューシャのようなものと、ころんと丸くて長い、やはり焦げ茶色の尻尾。尾の先の方は黒っぽくなっており、よく見れば根元には長い紐がついている。

「……狸《たぬき》?」

首を傾げた悠人に、東雲がにっこりと微笑む。

「正解。最近、悠人があまり街に出られていないと小耳に挟んでね。これがあれば君も人目を気にせず外出できるんじゃないかと思ったんだ」

どうやらこれは付け耳と付け尻尾らしい。小耳に挟んだというのは、きっとリン辺りから聞いたのだろう。

覗き込んできた鈴蘭が、悠人に勧めてきた。

「ね、着けてみたら、悠人」

「え……、で、でも……」

もうすでにこの作務衣ももらっているのに、更にこんなものまでもらってしまっていいのだろうか。躊躇いかけた悠人だったが、作務衣を贈られた時に東雲に言われたことが脳裏に甦《よみがえ》る。

（東雲さん、遠慮せず受け取ってくれる方が嬉しいって、そう言ってた……）

この衣装一式も、間違いなく東雲は自分のサイズで用意してくれているはずだ。少しでも悠人が過ごしやすいようにと、彼がそう気遣ってくれた証である品を前にしたら、つまらない遠慮をするより、素直に気持ちを伝えたいと思った。

「……はい、着けてみます。あの、ありがとうございます、東雲さん。すごく嬉しいです」

「どういたしまして。君に喜んでもらえて、私の方こそ嬉しいよ」

にっこり笑ってくれた東雲に、余計嬉しくなる。悠人は照れ笑いを浮かべると、付け耳を手に取り、早速頭にはめてみた。

「えっと、こう、かな？　変じゃないですか？」

自分の感覚からすると、狸の耳を着けるなんてコスプレに近くて、ちょっと気恥ずかしい。頬を赤らめて聞いてみた悠人に、東雲はしかし、しばらく無言だった。

「……東雲さん？」

そんなに似合わなかっただろうか。不安に思って聞いた悠人に、東雲がはっとした様子で笑みを浮かべる。

「あ……、ああ、すまない。あまりに可愛くて、少し驚いてしまった」

「まるで魂が抜けたみたいでしたよ、東雲様」

くすくすと笑う鈴蘭に、勘弁してくれと苦笑を返して、東雲が悠人に向き直る。

「よく似合っているよ、悠人。……実は、今日は夕方までなら時間が空いていてね。ちょうど近くの寺で祭りがあるから、それを着て一緒に出かけられないかと思っていたんだが……」

東雲が言葉尻を濁したのには理由がある。客が見世の外に色子を連れ出すには、花代の他に大金を払った上で、楼主の許可を得なければならないのだ。お金のことも気になるが、そもそも浮島が不在ではどうにもならない。

残念そうに耳と尻尾をうなだれさせて、東雲が微笑む。

「間が悪かったね。いつも君の世界のことを教えてもらってばかりだから、今日は私がこの世界のことを教えてあげられればと思ったんだが」

「……そうだったんですね」

少しがっかりしつつ、悠人は東雲を見上げて言った。

「僕も東雲さんとお祭り、行ってみたかったです。残念ですけど、またの機会に……」

――と、その時だった。

「……そうだ。僕、悠人に頼みがあったんだった」

二人のやりとりを聞いていた鈴蘭が、唐突に両手をぽんと合わせてそんなことを言い出す。

「実は、今日いらっしゃる予定の旦那様が大の甘党でね。お祭りがあるならちょうどよかった」

歩み寄ってきた鈴蘭が、懐から取り出した小銭を悠人の手に握らせて続ける。

「悠人、悪いんだけど、そのお祭りの屋台で金平糖を買ってきてもらえる？　一袋で十分だから、余ったらなにか美味しいものでも食べておいで」

せっかくだし、いただいた着物で行くといいよ、とにこにこ微笑んだ鈴蘭が、続いて東雲を振り返って言う。

「それから東雲様、夕方までお暇ということなら、悠人のお供をお願いできませんか？　人混みに一人で行かせるのは心配なので」

「……っ、鈴蘭さん、それは」

気を回してくれた鈴蘭に慌てた悠人が断るより早く、東雲が頷いてしまう。

「承った。私でよければ、喜んで供を務めさせてもらうよ」

「ふふ、是非。たまには悠人にも羽を伸ばさせてやりたいので、夕方までゆっくりしてきて下さい。僕の可愛い弟分を、よろしくお願いしますね」

ふわりと優雅に長い耳を揺らして一礼した鈴蘭が、じゃあね、と悠人にひらりと手を振って去っていく。

茫然とそれを見送っていた悠人に、東雲がそっと声をかけてきた。

「悠人、どうする？　鈴蘭はああ言ったが、もし君が嫌なら断っても……」

「……っ、嫌じゃないです！」

東雲の言葉に被せるようにして、悠人は反射的に勢いよくそう言っていた。驚いたように目を見開く東雲を見て我に返り、ちょっと恥ずかしくなって顔を赤くしながら、もう一度言う。

「嫌じゃないです。すごく、すごく嬉しいです」

「……悠人」

本当にいいのかなとか、浮島に知られたら鈴蘭が咎められるんじゃないかなとか、もし途中で自分が耳ナシだと他の人に知られて、東雲が嫌な思いをしたらどうしようとか、不安を挙げたらキリがない。

けれど、それよりなにより、せっかく東雲と出かけられる機会を逃したくない。二人でお祭りに行ってみたい。

「僕、行きたいです。東雲さんと一緒に、お祭り……」

悠人の言葉を聞いた東雲が、ふんわりと笑みを浮かべる。

「……そうか。嬉しいよ、悠人」

「……っ」

喜びを噛みしめるように低く呟いた東雲に、悠人はぶわっと一気に耳まで真っ赤になった。

（な……、なんだろう……、なんか……、なんかこれ、恥ずかしい……！）

指先までそわそわとむず痒くて、いたたまれないような気持ちが押し寄せてくる。どうしてこんなに恥ずかしいのか分からなくて、でも嫌ではなくて、けれどやっぱり恥ずかしくて。

「っ、僕、着替えてきます！　すぐに！」

なんだかもうどうしていいか分からず、悠人は東雲から行李を受け取ると、タッと廊下を駆け出した。

驚いたように一瞬目を瞠った東雲が、ふっと笑みを浮かべて言う。

「……そんなに急がなくても、私は逃げないよ」

くすくすと、背後から東雲の忍び笑いが追いかけてくる。

それが余計に恥ずかしくて、くすぐったくて。

ますます熱くなる耳を持て余しながら、悠人は行李をぎゅっと、抱きしめたのだった。


店先に飾られたその飴《あめ》細工の菊は、黒、白、赤、青、黄の五色に輝いていた。

キラキラと光る幾枚もの花弁を見つめて、悠人は軽く首を傾げる。

（これ、どんな味なんだろ……）

と、その時、悠人の横からひょいと東雲が店先を覗き込む。

「ああ、五色飴だね。私も子供の頃よく食べたよ」

懐かしいな、と目を細める東雲に、悠人はへえ、と声を上げた。

「これ、五色飴っていうんですね。初めて見ました」

「もしかして、悠人の世界にはなかったのかな？　店主、二つもらえるかい」

毎度、と愛想よく応える店主に、東雲がお代を渡そうとする。悠人は慌てて東雲をとめようとした。

「し、東雲さん、僕、そういうつもりじゃ……」

「うん？　でも、見ていたら懐かしくなってしまってね。思い出したら食べたくなってきたから、悠人も付き合ってくれないかな」

一人で食べるのは味気ないしね、と笑った東雲が、店主から受け取った飴を一つ、悠人に差し出してくる。

「はい、どうぞ。面白い味がするよ」

「……ありがとうございます」

結局奢られてしまった、と恐縮しつつ、悠人は東雲にお礼を言って飴を受け取った。

花籠を出た二人は、花街の中にあるお寺のお祭りに来ていた。

境内には様々な屋台が出ており、お面を付けたり、法被《はっぴ》を着た人々で賑わっている。時折東雲に挨拶してくる者はいたが、狸の耳と尻尾を着けた悠人に注目する者はおらず、二人は目的の金平糖を買った後、あちこちの出店を覗いて歩いていた。

(面白い味って、どんな味だろう……)

受け取った飴の包みを剥いた悠人は、早速花弁の一つをぺろりと舐めてみる。——すると。

「うわっ、苦……⁉」

飴というからにはてっきり甘いのだろうと思っていたが、口に広がったのはお茶のような渋味だった。

驚く悠人に、東雲が悪戯っぽく笑いながら説明してくれる。

「この五色の花弁は、それぞれ味が違っていてね。苦味、塩味、甘味、旨味、酸味の五種類の味がするんだ。一枚ずつ取って、全部一度に舐めてごらん」

「一度に、ですか……?」

東雲の勧め通り花弁を指先で摘まみ、一種類ずつ全部口に入れてみる。ころりと口の中で転がし、味を混ぜてみて、悠人は大きく目を瞠った。

「ん！　んんん！」

「ふふ、美味しいだろう？」

「はい！　えっ、でもなんで？」

一枚一枚は先ほど東雲が言っていた五種類の味がちゃんとするのに、全部混ざり合うと不思議と美味しい。

「なんか料理みたいで不思議です……」

ころころと口の中で五枚の花びらを転がして唸る悠人に、東雲が笑いかけてくる。

「ね、面白いだろう？」

「……っ」

細められた瞳の奥で、やわらかな光がとろりと蕩けて滲む。

優しく慈愛に満ちたその眼差しは、まるで世界一

大事な宝物を見つめるようにあたたかく、幸せそうで――。

「は……、はい」

もごもごと、飴のせいで喋りにくいとばかりに俯いて、悠人は頷いた。

（なんか僕、今日すごく浮かれてる……）

東雲と二人でお祭り見物なんて、それだけで夢心地なのに、こんなに優しい目で見つめられて、余計にそわそわしてしまう。

明るい太陽の下で見る彼は、いつも日が落ちてから座敷で向かい合う時より凛《りん》としていて、日だまりのようなその被毛もキラキラと輝いているようで。

（綺麗だなあ、東雲さん……）

ふわふわと揺れる尻尾を見ていると、この世界の人たちが耳や尻尾に魅力を感じているのももっともだと思えてくる。

こんなにもやわらかくて心地いい手触りのもの、惹かれずにはいられない――。

「……っと、悠人？」

「え？　っ、あ……！」

東雲の後ろを歩いていた悠人は、怪訝そうに振り返った東雲に問い返しかけて、ハッと我に返った。

いつの間にか、悠人は東雲の尻尾に手を伸ばしていたのだ。それどころか、ふこふこのその尻尾を無意識に撫でてしまっていて。

「ご、ごめんなさい、僕……！」

慌てて尻尾から手を離し、謝ったところで、悠人は自分の腰をくん、と引くなにかに気づいてそちらを振り返った。

「え……？」

見れば、三歳くらいの赤い浴衣姿の女の子が、悠人の付け尻尾にしがみついている。びっくりしたように目をまん丸に見開いたその子の耳と尻尾もまた、焦げ茶色の狸のものだった。

「ととじゃない……」

悠人をまじまじと見つめた後、小さな声でそう呟いた女の子が、ふえっと顔を歪めて泣き出す。え、と狼狽えた悠人より早く、東雲が女の子を抱き上げて笑いかけた。

「よいしょっと。こんにちは、可愛い仔狸さん。君、飴は好きかい？」

いきなり抱き上げられた上に質問までされて驚いたのだろう。ひっく、としゃくり上げた女の子が、じっと東雲の顔を見つめて頷く。

「……すき」

「そうか、じゃあこれをあげよう」

にこっと笑った東雲が、女の子に自分の分の五色飴を差し出す。小さな手でぎゅっと飴の棒を握ったその子に、悠人はそっと教えてあげた。

「これね、赤いのが甘くて美味しいんだよ」

「……ん」

こくりと頷いた女の子が、赤い花びらを一つ取って口に運ぶ。

「……おいしい」

目を瞠った女の子の頬に、東雲の肩に乗った黒鉄が頭を擦りつける。くすぐったそうにくすくす笑った女の子に、東雲が優しく告げた。

「この子は黒鉄というんだ。私は東雲、こちらは悠人だよ」

「くろ……？　……くーちゃん」

黒鉄に可愛らしい愛称を付けた女の子が、続けて東雲と悠人を見て首を傾げる。

「しいちゃんと、……ゆうくん？」

「ふふ、うん、ゆうくんでいいよ。君のお名前は？」

頷いて聞いた悠人に、女の子は少し元気を取り戻したように言う。

「あーちゃんは、綾《あや》っていうの。……あのね、とと、いなくなっちゃったの」

どうやらこの子は迷子で、悠人を父親だと勘違いして尻尾にしがみついてきたらしい。

悠人は東雲を見上げて言った。

「あの、東雲さん。この子のお父さん、一緒に探してあげませんか？」

この人出だし、きっと綾の父親も今頃必死になって娘を探しているだろう。そう思った悠人に、東雲ももちろんと頷く。

「社務所に届け出があるかもしれないし、そちらに行きがてら探してみようか。綾、最後にお父さんと一緒だったのはどこか、覚えてるかい？」

「ふうせんのとこ」

「風船？」

そのひと言に首を傾げると、綾が小さな手で林の方を指さす。見れば、少し離れた木の枝に赤い風船が引っかかってしまっていた。

「綾ちゃん、もしかしてあれ、お父さんに買ってもらったの？」

悠人の問いかけにこくんと頷き、綾が小声でおそるおそる聞いてくる。

「ゆうくん、あーちゃんのふうせん、きにたべられちゃったの……？」

小さな綾から見たら、大きな木は風船を食べるお化けみたいに見えるのだろう。怖々と木を見上げる綾に、東雲が笑う。

「大丈夫、私が取り返してきてあげるよ。悠人、彼女をお願いできるかい」

「あ、はい」

綾を抱き取った悠人の肩に黒鉄も移して、東雲が木に歩み寄る。一番下の枝を摑んだ東雲は、そのまま太い幹に足をかけ、ひょいっと木を登り始めた。

「気をつけて下さいね……！」

「ああ、大丈夫。……っと」

声をかけた悠人に答えつつ、風船の引っかかっている枝に手を伸ばす。絡まっていた糸を解いた東雲は、風船を持ったまま木から飛び降りた。

「よ、っと。……はい、お姫様。君の風船だよ」

「ありがとう、しいちゃん！」

「どういたしまして」

大喜びの綾ににっこり笑って、東雲が着流しの裾をパッと払う。しかし、飛び降りる時に引っかけたのか、その裾は少しほつれてしまっていた。

「ああ、やってしまった。また平助に怒られてしまうねぇ」

苦笑した東雲のぼやきを聞いて、悠人は気づく。

（もしかして、東雲さんがいつも着物を汚したり、鉤裂きを作ったりしてるのって……）

屈み込み、悠人が腕に抱いている綾の手首に風船の紐を結んであげている東雲は、自分の着物のことなどもう気にしていない様子だ。はいできた、と可愛い蝶々結《ちょうちょう》びにしてあげた東雲に、綾が嬉しそうに笑った、その時だった。

「綾！」

人混みをかき分け、若い男がこちらに近寄ってくる。焦げ茶色の丸い耳をした彼を見て、綾が大きな声を上げた。

「とと！」

「おや、探すまでもなかったね。よかった」

目を細めた東雲が、もうはぐれないようにね、と綾に言い聞かせる。

照れたように笑う綾を見つめて、悠人はよかったねと、笑みを浮かべたのだった。

降り注ぐ陽の光に、水面がキラキラと反射している。苔《こけ》むす岩の窪みに水を湛えたその小さな泉の上に手を翳《かざ》して、東雲が静かに告げた。

「この泉は、どんな干ばつでも干上がることがなくてね。古くから不思議な力が宿っていると言われているんだ」

肩にかけていた打ち掛けを脱いだ東雲が、近くの草むらにそれを敷こうとするのを見て、悠人は慌ててとめようとした。

「東雲さん、着物が汚れますから……！」

「でも、なにか敷かないと悠人の着物が汚れるだろう？」

「……っ、それは」

確かに、贈られたばかりの着物を汚したくはない。悠人が躊躇している間に、東雲が打ち掛けを草むらの上に広げてしまう。

「あああ……」

「そんなに気にすることないのに」

呻いた悠人に苦笑しながら、東雲が打ち掛けの上に腰を下ろし、おいでと悠人を手招きする。東雲の肩に乗った黒鉄にもカァと呼ばれてしまった悠人は、恐縮しながらもその隣に腰を下ろした。

　綾と別れた二人は、林の奥にある泉に来ていた。休憩がてら、花籠を出る時に持ってきていた稲荷寿司を食べようと言ったら、東雲がいい場所があると連れてきてくれたのだ。

　綾と再会した父親は、心細い思いさせてごめんな、と綾に謝った後、東雲を見て驚いていた。

　その節はお世話になりました、と言う彼は、以前東雲に井戸掘りを手伝ってもらったことがあるらしい。普段は花街の外に住んでおり、今日は祭り見物で綾を連れてきたという彼は、村の者も東雲さんに感謝しているから今度是非立ち寄ってほしいと言い、何度もお礼を言って去っていった。

「前に平助さんが、東雲さんが泥だらけになったことがあるって言ってたの、井戸掘りのことだったんですね」

　稲荷寿司の包みを手渡しながら聞いた悠人に、東雲が苦笑を零す。

「彼の村はまだ開墾《かいこん》したばかりの土地で、治水整備が行き届いていなくてね。井戸を掘るのは重労働だから、少しばかり手伝いに行ったんだ。あの時は平助に嫌というほど絞られてねえ」

　さんざんだったとぼやく東雲だが、いくら叱られようと後悔はしていないに違いない。

（きっと東雲さん、似たような人助けをあちこちでしているんだろうなあ）

　思い返せば、さっきの祭りで東雲に声をかけてきた人たちも、商人や農民など、いわゆる庶民が多かった。いつもどうもとか、この間はありがとうございましたといった声ばかりだったから、彼らも東雲になにかしら助けてもらった経験があるのだろう。

　しいちゃんまたね、ともらった飴をぶんぶん振っていた綾を思い出して頬をゆるめた悠人だったが、その時、隣の東雲がいただきます、と稲荷寿司を一つ食べて声を弾ませる。

「ああ、今日は五目なんだね」

「あ、はい。最近作ってなかったので、初心に戻ってみたんですけど……」

ここのところ、東雲の好みが知りたいと思って変わり種ばかり作っていたので、五目の稲荷寿司は久しぶりだ。すると東雲はゆっくりと残りを味わいながら顔をほころばせて言った。

「うん、美味しい。やっぱりこれが一番だね」

「……っ、東雲さん、五目が好きなんですか？」

食い気味に聞いた悠人の勢いに驚いたように、東雲が目を瞠って頷く。

「あ、ああ、そうだね。悠人のイナリ寿司はどれも美味しいけれど、やはり五目が一番かな。……言ってなかったかい？」

「聞いてません……。僕、東雲さんの好みが知りたくて、色々具を変えてて……。でもそうか、五目がよかったんですね」

これで今度からは五目を多めに作れる。ちょっと拍子抜けしてしまったけれど、好みが分かってよかったと笑みを浮かべた悠人に、東雲がすまなそうにする。

「なんだか悪いことをしてしまったかな。でも、他のイナリ寿司もどれも美味しかったのは本当だよ。いつも色々工夫してくれているから、今日はどんな中身だろうと楽しみにしていた」

一緒に包んであった銀杏をもらった黒鉄が、東雲の肩の上で嬉しげにカアと声を上げ、機嫌よさそうに体を上下に揺らす。どうやら彼も銀杏を楽しみにしてくれていたらしい。

「美味しいお稲荷さんを作るって約束しましたから。……銀杏もね」

自分の分の稲荷寿司を食べながら黒鉄に笑いかけたところで、悠人はそうだと思い出して言った。

「そういえば僕、東雲さんにお願いがあって。いつも余ったお稲荷さんを花籠の皆でいただいてるんですけど、皆が自分のお客さんにも食べさせたいって言ってくれているんです。他のお客さんにも出しても構いませんか？」

もし東雲が嫌そうだったらやめようと思いながら

聞いた悠人だったが、東雲はあっさりと頷く。

「それはもちろん構わないよ。というか、私の許可なんていらないだろう？　これは君が作っている料理なんだから」

「でも、東雲さんが僕のところに来てくれるの、このお稲荷さんのためでもあるから……」

他のお客さんにも出したらがっかりするのではないか。そう思った悠人に、東雲が苦笑する。

「そうだね。確かに少し残念な気もするけれど、でも君の作るオイナリサンを独り占めしたいというのは私の我が儘だし……、それに私は君に会いに行っているから」

「え……」

「本気でイナリ寿司目当てだと思われては、ちょっと困るかな」

「困るって……」

それは一体、どういう意味だろう。

ぽかんとした悠人に、東雲がくすくす笑い――、ちょんちょんと指先で自分の口元を示す。

「悠人、口元に米粒がついているよ」

「え⁉　す、すみません……！」

なんだか狐に摘まれたような心持ちだった悠人は、その言葉にハッと我に返った。恥ずかしいところを見られてしまったと、慌てて口元を指で探った悠人だったが、東雲はますますおかしそうに笑ってゆったりと尻尾を揺らす。

「そっちじゃなくて」

つい、と伸ばされた指先が、悠人の口元に触れる。ほんの少し唇をかすめたその感触に、悠人は大きく目を瞠って固まってしまった。

「……こっち」

低くやわらかい声で囁いた東雲が、悠人の口元から取った米粒をぱくんと食べてしまう。

「……っ」

「ごちそう様。世話が焼けるね、私の雛鳥は」

まあそこが可愛いんだが、と優しく目を細めて微笑んだ東雲に、悠人はカアッと顔を赤らめた。

（なんか……、なんか今、すごく恥ずかしいことされた気がする！）

　なんだか今日は東雲がいつもと違って積極的というか、大胆に思えるのだが、気のせいだろうか。

　耳まで真っ赤になりながらも、悠人はもごもごとお礼を言った。

「あ……、ありがとうございます。……東雲さんて、すごくモテそうですよね」

　照れ隠しにへにゃりと笑った悠人に、東雲が苦笑して言う。

「ありがとう、とお礼を言うべきところかな？　だが、私はこう見えて案外一途な男でね。いや、一途なことに気づいた、というべきか……」

「……そうなんですか」

　考え込む素振りをする東雲に、悠人は相槌を打ちつつ笑って言った。

「なんだかちょっと意外です。東雲さんが通う色子は必ず売れっ子になるって聞いたから、きっとたくさんお相手がいるんだろうなって思ってました」

「……今は君だけだよ」

「あ、そうですよね。お仕事忙しそうですもんね」

　それなのに自分とこうして出かける時間まで作ってくれて、本当に感謝している。

　そういうつもりで言った悠人だったが、東雲は何故かますます苦笑して呟く。

「うーん、暖簾に腕押しか」

「え？」

「いや、なんでも。手強いなあと思ってね」

　笑った東雲が、ごろりと打ち掛けの上に横になる。

　肩から腕に移動した黒鉄に銀杏をやりつつ、悠人の方を向いて肘をついた東雲は、のんびりとした口調で言った。

「……そもそも私は、彼らにほんの少し助言しているだけだよ。この色の着物の方が映えるとか、この特技を伸ばすといいとかね」

「へえ、なんか凄腕のアイドルプロデューサーみたいですね」

　元の世界では確かそんなゲームが流行ってたっけと思い出しながら言うと、東雲が不思議そうに聞いてくる。

「そのあいどる……、なんとかというのは？」

「えっと……、アイドルっていうのは、人前で歌とか踊りを披露するのを仕事にしてる子のことです。プロデューサーは、その子がもっとたくさんの人から応援されるようにアドバイス……、助言する立場の人、かな。その子に合う曲や衣装を用意したり、世の中に知られるように仕事を取ってきたりするのが仕事なんです」

　アイドルはコンサートといって、大きな会場に人を集めて、その前で歌ったり踊ったりするんです、と東雲にも想像しやすいように一生懸命説明を付け加える。すると東雲は、ふむ、と頷いて言った。

「つまり、芸子が大衆化したもの、といった感じなのかな？　しかし、その子に助言する立場が職業として成立しているとは……。本当に面白いね、悠人の世界は」

　目を細めた東雲が、不意にじっと悠人を見つめてくる。なんですか、と視線で聞いた悠人に、東雲は真剣な表情で問いかけてきた。

「ねえ、悠人。悠人はやはり、元の世界に戻りたいかい？」

「え……、はい、それはもちろん」

　この世界のことも少しずつ知り始めているし、東雲や花籠の皆にもよくしてもらっているけれど、自分の世界はここではない。

「学校もアルバイト……、仕事も放り出してしまってるし、友達も心配してくれてると思うから……」

　伯母たちはもしかしたら自分がいなくなってせいせいしたと思っているかもしれないが、大和は間違いなく心配してくれているはずだ。

　一日も早くここから抜け出して、元の世界に帰りたい。

　そう思った悠人に、東雲がそうか、とぽつりと呟く。そのまま黙り込んでしまった東雲に、どうしたんだろうと不思議に思った悠人だったが、東雲はやおら身を起こすと立ち上がって言った。

「……君に見せたいものがある」

「見せたいもの、ですか?」

なんだろうと首を傾げた悠人を、東雲がおいでと促す。泉のそばに立った東雲は、先ほどしたように広げた手を水面の上に翳して告げた。

「さっきも言ったが、この泉には不思議な力があってね。強く願えば、会いたい人が今どうしているか、水鏡に姿が映って見えると言われているんだ」

「そうなんだ……」

「……悠人は、元の世界にもう一度会いたい人はいないかい?」

問いかけられて、悠人がとっさに思い浮かべたのはやはり大和の姿だった。

一番心配をかけているだろう彼のことが、一番気になる。

黙り込んだ悠人をじっと見つめて、東雲が言う。

「……その人の姿を、強く思い浮かべてごらん。会いたいと、一心に念じるんだ」

「一心に……」

泉の前に立った悠人は、東雲の言葉をなぞって静かに目を閉じた。

(大和……)

頭の中に、幼なじみの姿を思い浮かべる。

大和は今、どうしているのか。

突然いなくなってしまって、どれだけ心配をかけてしまったか——……。

(……大和に会いたい。元の世界に帰りたい……)

唇を引き結んだ悠人が強く、強く思った、——次の刹那。

サワサワ……、とかすかな葉擦れの音と共に、その場に吹く風が急に——、変わる。

強さも、温度も、匂いも、色さえも、なにもかもが一瞬で変わったその風に思わず目を開いた悠人は、更に信じがたい光景に狼狽えてしまった。

「え……」

泉の水面が、揺れている。

地震でもないのに、そこには小さな波が起きていたのだ。

「な……、なに……」

「……見ていてごらん」

大丈夫だから、と囁いた東雲が、支えるように悠人の肩に手を回してくる。

東雲に言われるまま、固唾を呑んで泉を見つめていた悠人は、突如ぴたりと揺れがとまった水面に広がった映像に大きく目を瞠った。

「……っ、これ……」

――それは、銀杏の舞い散る墓地の光景だった。

忘れもしない。

何度も通った、悠人の両親が眠るお墓がある墓地が、そこには映っていたのだ――……。

「ほ……、本当に……？　本当にこれ、向こうの世界……？」

たった半月ほど前に訪れたばかりの場所なのに、少し雰囲気が違う気がする。けれど、そこは紛れもない、悠人にとって大事な思い出の場所だった。

震えながら水鏡を覗き込んだ悠人に、東雲がそっと問いかけてくる。

「悠人、ここは……？　どうやら墓地のようだが、君の知っているところかい？」

「は、はい。両親のお墓です。これ……」

お墓の一つを指さしてそう告げた悠人は、そこで両親の墓石の前に一人の老人がいることに気づく。

墓石の前に膝をついた老人は、帽子を小脇に抱えて両手を合わせ、目を閉じていた。

見覚えのない、しかしどこかで会ったことがあるような気がするその老人を、悠人は食い入るようにじっと見つめた。

（僕の知らない人……、だよね。父さんか母さんの知り合い？　もしかして、お葬式で会ったことがある人かな……）

必死に思い出そうと記憶を辿る悠人の隣で、東雲が首を傾げる。

「悠人、君が会いたかったのはこの人かい？」

「い、いいえ。僕は幼なじみの大和を思い浮かべたんですけど……」

「しかし、君と同じくらいの年齢の子は見当たらないようだが……」

訝しげに言った東雲が、そこで唐突に大きく目を見開き、息を呑む。

「……っ、まさか……」

「東雲さん？」

なにか気づいたことがあったのか、それなら教えてほしいと思った悠人だったが、東雲は何故か焦った様子で悠人を泉の前から遠ざけようとする。

「悠人、見るな！　こっちに来るんだ……！」

「え……、でも、せっかくですし、もう少し見ていたい……」

「駄目だ！」

聞いたことのないような厳しい声音で遮られて、悠人は反射的にびくっと肩を震わせてしまった。ぐっと眉を寄せた東雲が、苦しげに謝ってくる。

「……すまない。だが、これ以上は……」

——と、その時だった。

『……お前がいなくなって、もう五十年か。早いよなあ、本当に』

「……？」

ふわりと、なんだか膜に包まれたような声が聞こえてくる。もしかして、と泉に目をやると、墓石の前にいた老人が立ち上がっていた。

「今の……、この人の声？」

「悠人、駄目だ……！」

「……っ、離して下さい」

とめようとする東雲の腕の中でもがく悠人の耳に、もう一度老人の声が届く。

『お前の作る稲荷寿司、楽しみにしていたんだがなあ。……悠人』

「え……」

その呼びかけに、悠人はぴたりと動きをとめて目を瞠った。

「今……、……今、なんて……」

「……っ」

く、と唇を噛んだ東雲の腕から抜け出し、ふらふらと泉に歩み寄る。

水鏡に映る老人は、ちょうど墓石の前に供えたものを下げるところだった。

小さな蜜柑と、ペットボトルのお茶。

――そして。

『……毎年二人分、買ってしまうな』

苦笑しながら老人が手にしたのは、二つの透明なパックに入った、――稲荷寿司、だったのだ。

「な……、え……？　なんで……？」

混乱する悠人が見つめる前で、老人は稲荷寿司を袋に入れると、抱えていた帽子を被り直した。

洒落っ気のあるジャケット姿の彼によく似合うその帽子に気づいて、悠人は言葉を失う。

（あれ……、あれは、僕が……）

間違えるはずがない。あれは、自分が大和に誕生日プレゼントに贈った帽子だ。

つい二ヶ月ほど前、アルバイト先のレストランからもらったボーナスで買った、高校生にはまだ少し大人っぽい、しかし大和にはよく似合っていた、帽子――。

（なんで……）

茫然とする悠人をよそに、老人が遠くを見るような目で墓石を見つめて言う。

『……あの時の梨沙さんな、この間お孫さんが産まれたそうだ。おばあちゃんになりましたって、電話が来てなあ』

嬉しそうだったぞ。そう呟いて、老人――、大和は、静かにため息をついた。

『本当に、お前はどこに行ってしまったんだろうなあ。なあ、悠人』

「……っ、や、まと」

悠人が呟いた途端、水面にまた小さく波が立ち始め、映っていた光景が掻き消える。

がく、と膝を崩しかけた悠人を、東雲が慌てて背後から支えてくれた。

「っ、悠人！」

「や……、大和、だった。大和が、おじいちゃんになって……、五十年って……」

混乱と恐怖に、どうしても声が震えてしまう。冷たく強ばった指先で、自分を支える東雲の腕にしがみついて、悠人はぼろぼろと涙を零した。

「どうして……、どうして、大和が……？　どうして……っ」

「……悠人……」

呻いた東雲が、後ろからぎゅっと悠人を抱きしめてくる。

「すまない……、すまない、悠人。君にこんなものを見せるつもりじゃなかった。すまない……」

繰り返される謝罪が、聞こえているはずなのに聞こえない。

広くてあたたかい胸の温もりも、力強い腕も、なにもかももう、分からなくて。

（どうして、……どうして、五十年って……。だって、まだ一ヶ月位しか経ってない……。ここに来てから、そんなに年月は過ぎていないのに……）

どうして、と頭の中で繰り返しながらも、悠人は悟っていた。

――きっと、こちらの世界と、自分が元いた世界とでは、流れる時間の速度が違うのだ。

自分がこちらの世界で過ごしていたこの一ヶ月程の間に、向こうの世界では五十年もの月日が経ってしまっていたのだ――……。

「……もう、戻れないんだ」

はらはらと涙を流しながら呟いた悠人に、東雲が声を詰まらせる。

「っ、……悠人、それは」

「僕に戻る場所はもう……、もう、ないんだ……」

いつか元の世界に帰りたいと、そう思っていた。

今はまだこの世界のことも分からないけれど、でも浮島に借金を返して自由になったら、どうにかして元の世界に帰る方法を探そう。だって自分の世界はここじゃないのだからと、そう思っていた。

いつかきっと、帰れる。

黒鉄のように、綾のように、自分も在るべき場所に帰れる。

どんなにつらい思いをしても、耳ナシと蔑まれても、自分には帰る場所があるのだと、それだけが希望だった。

――でも。

（たとえ元の世界に帰る方法が分かったとしても、その時にはもう、僕がいなくなってから何十年も経ってしまっている。僕を知っている人なんて誰も、……誰も、いなくなっている）

そんなところに戻って、どうすればいいというのだろう。

自分にはもう、戻る場所などないのだ――。

「……っ、私では、駄目か」

低い唸りが聞こえたのは、悠人の目の前が真っ暗になった、その時だった。

絶望に真っ黒に塗り潰された思考の中、東雲の声がまるで一条の光のように響く。

「私では、君の居場所にならないか。私のいる場所を、君の帰る場所にしてはもらえないか……？」

「な、に……？」

それは一体、どういう意味か。

分からなくて、でも東雲の苦しそうな声に問い返さずにはいられなくて、悠人はのろのろと自分を抱きしめる男を振り返った。

じっとこちらを見下ろす東雲の瞳の奥に、光が見える。

それはとても、とても綺麗な、まるで夜明けを告げる明星のような金色の光だった。

「……君が、好きだ」

狂おしげな囁きが耳に届いた瞬間、悠人は驚きに息を呑んで身を強ばらせた。

「……っ」

逃げないでほしいというように、ぎゅっと東雲の腕に力が入る。

途端にその力強さ、響く鼓動、衣越しに伝わる熱いほどの体温、日だまりのようなあたたかな匂いが、一気に悠人の五感に伝わってきて。

「悠人、好きだ。私は君の居場所に、……帰る場所に、なりたいんだ」

――風の色が、元に戻る。

サワサワと木々の葉を揺らすその風に、悠人はただ茫然と瞬きを繰り返していた――……。

帰り道は、お互いに無言だった。

ちらちらとこちらを窺う東雲の気配に気づいていながらも、悠人はずっと俯いたまま、のろのろと歩みを進めていた。

（東雲さんが、僕を……、僕のことを、好き……）

頭の中にはそればかりが渦巻いていて、少しも考えがまとまらない。

先ほど水鏡に映った映像は現実なのかとか、まずはあれが真実かどうか確かめることが先決なのではとか、でもどうやったら確かめられるのかとか。

考えなければならないことは山ほどあるはずなのに、東雲の囁きが耳について離れない。

『私では、君の居場所にならないか。私のいる場所を、君の帰る場所にしてはもらえないか……？』

（東雲さんの、いる場所を……）

それは、ここの世界で東雲と一緒に生きていくということだろうか。

東雲は自分にそれを、彼の恋人になることを、望んでいるのか——……。

（恋人……、……恋人って）

思い浮かんだ単語に自分で狼狽えてしまって、悠人は買ってきた金平糖の袋をぎゅっと握りしめた。

（か……、勘違い、かも。東雲さんは優しいから、僕がショックを受けたのを見て、咄嗟に言ってくれただけかもしれないし）

だって、そうとしか思えない。今までたくさんの浮き名を流してきた東雲が、自分なんかを本気で好きだなんて——……。

「……信じられない、と思っている？」

「え……」

まるで思考を読まれたかのような問いかけに驚いて、悠人は顔を上げた。三角の耳を少し伏せた東雲が、じっとこちらを見つめてきている。

「私は本当に、心から君が好きだよ。他の誰でもない、悠人、君のことが好きだ。こんな薄っぺらい言葉では君に届かないかもしれないが……」

「っ、そんな……、薄っぺらいなんて、そんなことないです！　ちゃんと……」

言いかけて、悠人は思わず言葉を呑み込む。

ちゃんと、なんだと答えようとしたのだろう、自分は。

ちゃんと、届いている？　それではまるで、東雲の想いを受けとめたみたいではないか――……。

「…………」

「……悠人」

黙り込んだ悠人に、東雲が足をとめる。見ればもうそこは、花籠の近くだった。

こちらを見つめる東雲の背後には、燃えるような夕日が赤々と輝いている。

あの角を曲がったらもう、東雲と別れなければならない。告げられた想いに返事をしなければ、ならない――。

「……僕、は……」

東雲のことは当然、好きだ。

こんなによくしてもらって、色子なのに抱かずに話を聞くだけで花代をひと月も支払ってくれて、感謝しかない。

だから、彼が望むなら――。

「……一つ、我が儘を言ってもいいだろうか」

ぎゅ、と悠人が冷たくなった指先を握りしめたその時、東雲がそう切り出す。悠人は慌てて頷いた。

「は、はい。なんですか？」

「答えはまだ、出さないでほしい」

「え……」

予想外の言葉に、悠人は驚いて目を瞠った。

「まだって……、なんで……？」

聞き返して、思い至る。

「あ……、も、もしかして僕が断ると思ったんですか？　それなら心配しなくても、僕は……」

「……駄目だよ」

苦笑した東雲が、すっとその指先を悠人の唇に押し当ててくる。びく、と肩を揺らして口を噤んだ悠人にふっと笑って、東雲は手を引いて言う。

「私は狡い大人だから、今君が色よい返事をくれたら、その言葉に飛びついてしまうだろう。でもそれは、君の本心じゃない」

「ほ……、本心です。僕、ちゃんと考えて、東雲さんに応えたいって……」

「でも君は、私のことをそういう意味で好きではないだろう？」

「……そんなこと、ないです」

少し間が空きつつもそう答えた悠人に、東雲がおかしそうに尻尾を揺らして笑う。

「悠人は本当に、嘘が下手だね」

「……っ、すみません」

「いいんだよ。私はそういう君を好きになったんだから。嘘がつけない、いつもまっすぐで頑張り屋な君をね」

微笑んだ東雲が、再び悠人に手を伸ばしてくる。びく、と身構えた悠人に安心させるように微笑んで、東雲は告げた。

「……ゆっくり、考えてほしいんだ」

長い指の背が、まるで猫をあやすように悠人の頬を撫でる。さらりと滑るその指は優しく、そして熱かった。

「君は今まで同性を恋愛対象に見たことはなかったんだろう？　だったらなおのこと、時間をかけて考えてみてほしい。私のことを少しでも……、いいや、違うな」

ふ、と笑みを深めた東雲が、じっと悠人を見つめて言い直す。

「……私のことを本気で、愛せるかどうか。……すまないね、欲張りで」

「っ、い、いえ」

東雲は本気で自分を恋人にしたいと言ってくれているのだ。それならこちらも、生半な気持ちで応えては駄目だろう。

「……分かりました。すみませんでした」

恩があるからとか、買ってくれているのだからとか、そういった気持ちで東雲を受け入れようとしていたことを、悠人は恥じた。東雲が欲しいのはきっと、そういうものではないのだ。

指先を肩の上の黒鉄に移した東雲が、苦笑する。

「謝らないで。悠人にとって男同士が生理的に無理なわけではないと分かっただけでも、私は嬉しいんだから。……この尻尾も、君にとっては魅力的なようだしね」

「……っ」

ふるふる、と尻尾を揺らしてみせる東雲に顔を赤らめて、悠人は俯いた。今日、悠人が尻尾を衝動的に触ってしまったことを、東雲はしっかり覚えていたらしい。

「わ……、忘れて下さい……」

「それはちょっと無理かなあ。念入りに手入れしておくから、触りたくなったらいつでも触っていいからね」

ふふ、と目を細める東雲は、どうやら今後、尻尾で悠人を誘惑する気満々らしい。勘弁して下さいと真っ赤になった悠人だったが、東雲はそんな悠人のつむじをじっと見つめて言う。

「……今日は君にとって大変なことが起きたというのに、余計に混乱させてすまなかったね。でも、あの時の君は、ああして捕まえておかなければ消えてしまいそうな気がして……」

そう言いかけて、東雲は小さく頭を振って苦笑を零した。

「……いや、違うな。私はきっと、嫉妬していたんだ。君があまりにも悲しむから、その心を占めるものを取り除きたかった。君の頭の中を、私でいっぱいにしたかった……」

思わぬ独占欲を告白した東雲に、悠人は照れ笑いを浮かべて告げる。

「……いっぱいに、なりました。なんかもう、向こうの世界のこと考えなきゃって思うのに、ずっと東雲さんしか考えられなくて、大変でした」

「おや、そうかい」

それは重畳《ちょうじょう》、と悪戯っぽく笑った東雲が、表情を改めて言う。

「……悠人。あんなことを言ったけれど、もし君がどうしてもと望むなら、私は君を元の世界に戻す方法を探し出してみせる。一生かかっても、君の望みを必ず叶えるよ」

「東雲さん……」

真剣な瞳でそう言う東雲は、悠人が自分の気持ちに応えるかどうかなど関係なく、本気でそうするつもりなのだろう。

じっと東雲を見つめ返した悠人は、ややあって首を横に振った。

「……ありがとうございます。でも、いいんです、もう」

「いいって……、……悠人」

たしなめるような響きの声に、悠人はふんわり苦笑を浮かべた。

「だって、どうしようもないことは、どうしようもないから。どうしたって取り戻せないことは、諦めるほかないから」

十年前、両親が亡くなった時も、何度もどうしてと思った。

どうして、両親が命を落とさなければならなかったのか。

どうして、自分だけが置き去りにされてしまったのか。

どうしてこんなに苦しい、悲しい思いをして、生きていかなければならないのか——。

（でも、失われたものは元には戻らない。どんなに嫌でも、どんなにつらくても、父さんも母さんも戻ってこないし、過ぎてしまった時間を戻すこともできない）

どうしようもないことをどうにかしようと足掻いたって、仕方がない。

だったら自由なんて最初からないものと諦めて、全部呑み込んで我慢するほかない。

ずっと、そうして生きてきたのだ。

これからだって、ずっとそうするだけだ。

「……本当ならきっと僕はあの時、死んでいたはずです。それがこうして、生きている。それだけでもありがたいと思わなきゃ。五十年後も大和が元気だって分かったし、僕が庇った女の子もちゃんと無事だったんだから、これで不満を言ったらばちが当たります」

「悠人……」

微笑んだ悠人に、東雲が声のトーンを落とす。くっと一瞬眉を寄せた東雲はしかし、穏やかな笑みを浮かべて言った。

「……なら、私は君をもっとあちこち連れ回さないとな」

「え？　連れ回すって……」

どういうことか、と首を傾げた悠人に、東雲が優しく目を細める。

「君がこの世界をもっと好きになれるように、美しい景色や美味しいものをたくさん教えてあげたい。この世界の、この国のいいところをもっと、君に知ってほしい。君がここに来てよかったと、少しでも思えるように」

「東雲さん……」

「どうしようもないからと諦めるのではなく、ここにいたいと、心から思ってほしい。私はこの国が好きだから、君にいつかそう思ってもらえたら嬉しい」

今すぐには無理かもしれないが、いつか。

そう呟いた東雲が、悠人をじっと見つめて問いかけてくる。

「……またこうして、外出に誘っても？」

君さえよければと、そっと問われて、悠人は力いっぱい頷いた。

「……っ、はい……！　楽しみにしてます！」

「ふふ、ありがとう。……参ったな。本当は見世の前まで送り届けたかったけれど、ここまででもいいかい？」

「あ、もちろんです！　すみません、急いでるって知らなくて……」

時間がないなら早く、と思った悠人だったが、東雲はそうじゃなくと苦笑して頭を振る。

「違うよ、悠人。見世の前まで送っていったら、そのままひと晩君と一緒に過ごしてしまいたい衝動に抗う自信がないんだ」

「……っ」

「今晩はどうしても外せない用事があって、すっぽかすわけにはいかなくてね。平助の大目玉も、しばらくは勘弁被りたいからねえ」

ね、と同意を求められた黒鉄が、自分には関係ないとばかりによそを向き、カアとひと声上げる。

つれないなあ、とくすくす笑って、東雲は悠人に告げた。

「また少し忙しくなるから、しばらく来られないかもしれない。だが、必ずまた来るから、待っていてくれるかい」

「はい、もちろん。五目のお稲荷さん、作っておきますね」

「うん、楽しみにしているよ。それと、分かっているとは思うけれど、私に買われているのだからといって、安易な答えは出さないで。私は金で君を抱くつもりはないからね」

念押しされて、悠人ははいと頷く。

「ちゃんと考えます。東雲さんのこと、好きになれるかどうか」

「……うん。どんな答えでも、私はそれを受けとめるよ」

じゃあね、と手を上げた東雲の肩で、黒鉄がバサバサと羽ばたく。手を上げてそれに応えて、悠人は遠ざかる背を見送った。

（……ちゃんと、考えなきゃ）

あんなに真剣に想いを告げてくれたのだ。自分も彼の気持ちに真剣に向き合って、そして答えを出したい。

（東雲さんに好きになってもらえるなんて、嬉しい。待ってるって言ってもらえて、……嬉しい）

東雲のことはずっと、頼れる恩人だとばかり思ってきた。でも、ちゃんと考えれば、きっといい答えを出せると思う。

（どんな答えでも受けとめるって、東雲さんはそう言ってたけど、……でも）

なるべくならいい答えを出したい。

悠人がこの世界に来てよかったと思えるようにしたいと言ってくれた彼となら、諦めるのでなく、我慢するのでなく、この世界で生きていくことをもっと前向きに考えていける気がする――。

そう思いながら、見世に戻ろうとくるりと踵を返した悠人はそこで、――我が目を疑った。

「な……」

「……どういうことだ」

そこには、憤怒に顔を赤くした浮島がいたのだ。

「あ……、い、今の、は……」

聞かれたのだ、と悟った悠人は必死に言い訳を探す。けれど、パニックに陥った頭はもう真っ白で、なにも思い浮かばない。

(ど……、どうしよう、どうしたら……)

客である東雲と勝手に外出した上、彼に抱かれていないことがバレたとあれば、どんな仕打ちが待っているか、分かったものではない。

恐怖に震え、真っ青になった悠人に、浮島は鋭く舌打ちして命じた。

「……来い！」

ぐいっと悠人の腕を摑み、見世に戻った浮島が、足音荒く廊下を進んでいく。よろけそうになりながらも必死についていった悠人は、浮島が普段仕事に使っている座敷に放り込まれた。

「……っ！」

ドッと畳に倒れ込んだ途端、握りしめていた袋が破けて金平糖が辺りに散らばる。強かに打ち付けた頰に血が滲んで、悠人は痛みに顔をしかめた。

「舐めやがって、この耳ナシが……！」

鞭を取り出した浮島が、大きく腕を振り上げかけ、ぐうっと肩を怒らせて動きをとめる。両腕で頭を庇って身を丸めている悠人を見下ろし、浮島は苛々と甲高い声を上げた。

「……っ、貴様、楼主の私に断りもなく勝手をした上に、まだ東雲に抱かれていないだと⁉」

バシッと畳に鞭を打ちつけた浮島が、ドカドカと部屋の中を歩き回る。

「このままでは、見世の名に傷がつく……！　もうすでに、あの東雲をも虜にする名器と、そう触れ込んでいるのだぞ……！　東雲の買い占め期間が終わったらお前を買いたいという客が幾人も来ているというのに……！」

「……っ」

やはり浮島は、約束のひと月が過ぎたら悠人を大々的に売りに出すつもりだったのだ。

おぞましさにゾッと血の気が引いた悠人だったが、浮島は焦った様子でぐるぐると部屋を歩き回り、ぶつぶつと呟き続ける。

「口の堅い客に抱かせるか……？　いやしかし、まだ半月も日がある。東雲に露見すれば、それこそこの見世の終わりだ。くそ、あの優男以外にこいつを抱かせるわけには……」

と、その時、浮島の動きがぴたりととまる。

にや、と歪んだ口元に、悠人はびくりと肩を震わせた。

「……そうだ。そうすればよい。あいつに抱かせれば、なんの問題もない」

歌うような調子で言った浮島が、部屋の奥にある飾り棚へと向かう。慣れた手つきでダイヤル式の金庫を開けた浮島は、そこから小瓶を取り出し、悠人の前に膝をついた。

「次に東雲が来たら、これを酒に混ぜて飲ませろ」

そう言って、悠人の手に小瓶を握らせてくる。白い粉が入ったその冷たい小瓶を見つめ、悠人は震える声で聞いた。

「これ、は……？」

もしも毒なら、東雲に飲ませるわけにはいかない。怯えつつも問いかけた悠人に、浮島がフンと鼻を鳴らして立ち上がる。

「媚薬だ」

「……え……」

「お前があの男に跨がれればそれでよいが、どうせ無理だろう？　ならばあの男に媚薬を盛るしかあるまい」

結論が出て落ち着いたのか、足元に散らばる金平糖に気づいた浮島が顔をしかめて禿を呼ぶ。

箒とちりとりを、と禿に命じて、浮島は茫然とする悠人に言い渡した。

「あと半月の間にあの男にできるだけ可愛がってもらえ。幸いあいつはお前に惚れ込んでいるようだから、一度抱けば後はなし崩しで通ってくるだろう」

「そ、んな……」

目を瞠った悠人に、浮島が冷笑を浮かべる。

「なにを驚いている。まさかお前、あの男の言葉を真に受けて恋仲にでもなろうと思っていたのか？　お前は色子だぞ？　あの男も絵空事を楽しんでいるだけに決まっているだろう」

「……っ」

決めつけられて、悠人は咄嗟に出そうになった言葉をどうにか呑み込んだ。

（東雲さんはそんな人じゃない。東雲さんは……）

しかし、唇を引き結んだ悠人には構わず、浮島は選択を迫ってくる。

「さあ、どうする。お前が奴に薬を盛れないと言うなら、今ここで下男を呼んでお前を犯させる。どちらがいい」

冷たい目で睥睨する浮島には、悠人がどちらを選ぶかなど分かりきっているに違いない。

悠人は俯き、渡された小瓶をぐっと握りしめることしかできなかった――。

遠くから、三味線の軽やかな音が漏れ聞こえてくる。楽しげなその旋律を聞くともなしに聞きながら、悠人は重いため息をついた。

「はぁ……」

大部屋で一人膝を抱えている悠人は、今日は鈴蘭から譲ってもらった桜柄の着物を着ている。東雲に買い上げられている悠人は、張り見世に出るわけにはいかない。そのため、見世の営業時間中はいつ東雲が来てもいいように装いを整え、ここで待機するよう、浮島から命じられていた。

鈴蘭や紫苑などの売れっ子は別に個室を与えられているが、悠人やリンは他の色子たちと共にここで枕を並べて共同生活をしている。いつもは賑やかな大部屋に一人きりでいるのはなんとなく落ち着かなくて、大抵は掃除をしたりして過ごしているのだが、今日ばかりはそんな気分にもなれなかった。

「……」

悠人がじっと見つめる先には、昨日浮島から渡された小瓶がある。白い粉が入った小瓶は、ランプの光を反射してかすかに煌めいていた。

——昨日、買ってきた金平糖を台無しにしてしまったことを詫び、お金は今度お給料が出たら返しますと言った悠人に、鈴蘭はそんなことといいからと言って頬の傷に薬を塗ってくれた。

『ごめんね、まさか浮島が帰ってきたところに鉢合わせちゃうなんて……』

自分のせいだ、浮島には自分が二人の外出を許可したと申し出ると言った鈴蘭に、悠人はそれはやめてほしいと伝えた。

『お祭り、すごく楽しかったんです。一緒に五色飴を食べて、迷子の子の風船を取ってあげて、お稲荷さんを食べて……』

元の世界のことはつらかったけれど、それでもこの一日の出来事は大切な思い出だ。

色子としてではなく、客としてではなく、二人で過ごした大切な思い出。

『こんな思い出ができたのは、鈴蘭さんのおかげです。だから、楼主様にはなにも言わないで下さい』

『……悠人、もしかして浮島になにか言われた？　東雲様ともう会うなとか……』

　聡い鈴蘭はなにか勘づいたようだったが、悠人は首を横に振って笑った。

『……なにも。東雲さんはもうひと月分花代を支払っているんだし、楼主様がそんなこと言うはずないじゃないですか』

『それはそうかもしれないけど……』

　納得しかねるような表情を浮かべた鈴蘭は、なにかあったらすぐ言うんだよと言ってくれたけれど、この媚薬のことは誰にも言えなかった。――言えるはずがなかった。

（相談したって、困らせるだけだ。媚薬をどうしたらいい、なんて……）

　それに、答えはもう出ている。

　悠人はじっと小瓶を見つめて、唇を引き結んだ。

（……考えるまでもない。東雲さんにこんな怪しい薬、飲ませるわけにはいかない）

　媚薬というからには興奮剤の一種なのだろうと思うが、中身がなにか分からないものを東雲に飲ませるなんて、できるはずがない。万が一それで東雲が体調を崩しでもしたら、後悔してもしきれない。

　だが、捨てるのもリスクがある。誰の目にも触れないようにこっそり捨てられたらいいが、粉薬では捨てられそうな場所も限られてくる。それに、もし捨てたことがバレたら浮島にどんな目に遭わされるか分からない。

　だとしたら――。

（……僕が、自分で飲むしかない）

　こく、と喉を鳴らして、悠人は抱え込んだ膝をぎゅっと強く抱きしめた。

　東雲は昨日、少し忙しくなると言っていた。一昨日、昨日と立て続けに来ているし、夕方白鉄が稲荷寿司を取りに来ている。きっと今日は来ないだろう。

（今日、これを飲んでしまおう。浮島には今度東雲さんが来た時に、薬は盛ったけど、効果が出る前に帰ったって言えばいい）

　見世の営業時間中であれば、基本的にこの部屋には誰も来ない。今なら、この薬を処分することができる。

たとえなにかあっても、今日ひと晩、ここで一人でじっとしていればいい――……。

「…………」

ぐ、と表情を引き締めると、悠人は厨からもらってきたお茶を湯飲みに注いだ。続いて袂《たもと》から、昼間こっそりくすねておいた塩の紙包みを取り出す。飲んだ後これを入れておけば、万が一見られた時もまだ薬があると思わせることができるだろう。

お茶が少し冷めたところで、緊張を押し殺して小瓶を手に取り、蓋を開ける。

――そして。

「ん……！」

ぎゅっと目を閉じ、小瓶の中身を呷《あお》った悠人は、そのなんともいえない甘ったるさに眉を寄せた。急いでお茶で流し込み、全部飲んでしまう。

「まず……」

確か浮島は酒に混ぜろと言っていたけれど、こんなに甘い味がしたら普通、なにか変だと気づくのではないだろうか。

「甘いお酒ですって言って飲ませるのかな……」

お酒を飲んだことのない悠人には分からないが、それで誤魔化せるものなのだろうか。首を傾げつつ、残りのお茶も飲んで、喉に貼りつくような甘ったるさを流してしまう。

「……塩じゃなくて砂糖にしておけばよかった」

どうでもいいことを呟いて、内心の不安を押し殺す。わけの分からない薬を飲んで、怖くないわけがなかった。

（でも、東雲さんに飲ませるよりずっとマシだ）

空になった小瓶に一応塩を入れてその場に置き、ぎゅっとまた膝を抱える。

怖いし不安だけれど、たとえ興奮してしまったとしても自分で処理すればいいだけの話だ。後はこのまま朝が来るのを待てばいい。

（これで、東雲さんの告白のこと、ちゃんと考えられる……）

よかった、と思いつつもちくりと胸が痛むのは、浮島の言葉が棘《とげ》のように刺さっているからだ。

『お前は色子だぞ？　あの男も絵空事を楽しんでいるだけに決まっているだろう』

「……っ、東雲さんはそんな人じゃない……」

思い出した言葉を否定せずにはいられなくて、悠人は抱えた膝を強く抱きしめてそこに顔を埋めた。

けれど、あの時の浮島の嘲笑が、冷たい視線が、どこまでも自分を追いかけてくるような気がする。

お前は色子だ、金で体を売るお前が恋愛などできるはずないだろう、と――……。

（……東雲さんに、会いたい）

媚薬を飲んでしまった今、会うわけにはいかない。それでも会いたいと思わずにはいられなくて、悠人は唇を引き結んだ。

東雲に会えば、あの優しい微笑みを近くで見られれば、それだけで安心できるのに。浮島の言葉なんてきっと消えてなくなるはず――と、悠人がそう思った、その時だった。

「おい、悠人！　悠人はいるか！」

廊下の向こうから、足音荒く浮島がやって来る気配がする。悠人が慌てて小瓶を袂に隠すのと、襖が乱暴に開けられるのはほとんど同時だった。

「……っ、なにか……」

息を呑んで問いかけた悠人をじろりと睨み下ろして、浮島が告げる。

「東雲が来たぞ！」

「え……」

「顔を見に寄っただけだと言っていたが、少しだけでもと座敷に通してある。すぐに来い！」

思いがけない言葉に目の前が真っ暗になった悠人だったが、浮島は悠人の腕を摑んで無理矢理立たせると、確認してくる。

「あの小瓶はどこだ？　持っているか？」

「あ……、……ここ、に」

袂から塩を入れた小瓶を取り出して見せると、浮島は頷いて歩き出す。腕を摑まれたままの悠人は、なすすべもなくその後に従うしかなかった。

廊下を歩きつつ、浮島が釘を刺してくる。

「いいか、その媚薬を酒に入れて飲ませるんだ。いつもの供の男も来ているが、あいつは下戸《げこ》のようだし、銚子《ちょうし》に直接入れてしまえ。多少甘くなるが、そういう酒だと言うんだ」

「………」

「効き始めるまで時間がかかるから、なんとしてでも引きとめろよ。……おい、分かったのか⁉」

「は……、はい」

（なんで……）

頷きながらも、悠人はタイミングの悪さを呪わずにはいられなかった。

（今日は来ないと思ったのに……。どうして、こんな時に……）

こうなったらもう、体調が悪くなったと言って逃げるしかない。そう思った悠人だったが、浮島に退路を絶たれてしまう。

「いつも通り、隣には床を整えてあるからな。万が一薬が効かないようなら、お前自身が東雲を誘うんだ。今晩あいつに抱かれてこなければ、明日からは見世が始まるまで毎日下男たちに犯させるから、そのつもりでいろ」

「……っ、は、い……」

冷たく濁った目で睨まれて、悠人はうなだれる。

もう、どうしたらいいか分からない。

会いたいと思っていたけれど、今だけは会うわけにはいかないのだ。できることならこのまま回れ右して逃げてしまいたいが、浮島に腕を掴まれていてはそれもできない。

（どうにかして隙をついて逃げる……？　でも、今日東雲さんに抱かれないと、僕は……）

込み上げてくる絶望で、目の前が暗くなる。

毎日下男たちに犯されるなんて、絶対に嫌だ。だが、こんなことに東雲を巻き込みたくない。

事情を話したら、きっと東雲は自分のせいだと責任を感じてしまうだろう。どうにか手を打ってくれるかもしれないが、十中八九それはお金で解決することになる。ただでさえ自分の花代で負担をかけている東雲に、これ以上甘えるわけにはいかない。

けれど、だからといって東雲に抱かれてしまえばいいとも思えない。他の男に抱かれるのが嫌だから抱いてくれだなんて、そんなのまるで、東雲の気持ちを利用するみたいだ。東雲だって、昨日の今日で自分がそんなことを言い出したら、呆れを通り越して軽蔑するだろう。

（嫌だ……、東雲さんに嫌われるのだけは、嫌だ）

あんなに真剣に、あんなに綺麗で優しい気持ちを自分に預けてくれた人に、嫌われたくない。

東雲は自分にとってかけがえのない恩人なのだ。彼に嫌われるくらいなら、いっそ罰を受けるのを覚悟で帰ってもらった方が――。

「失礼します。悠人を連れて参りました」

と、その時、浮島が襖越しに声をかける。いつの間にかもう座敷に着いていたらしい。中から東雲の声がする。

「ああ、ありがとう。悠人、入っておいで」

「……行け」

小声で促され、悠人はのろのろとその場に膝を着き、襖を開けて挨拶した。

「……悠人です。き……、来て下さって、ありがとうございます……」

緊張に震えた声に気づいたのだろう。東雲が心配そうに言う。

「悠人？　どうしたんだ、体調でも悪いのかい？」

「顔色も悪いが……」

定位置でお茶を飲んでいた平助にも怪訝そうに聞かれてしまい、悠人は泣き出しそうになりながらもどうにか声を絞り出す。――だが。

「じ……、実は、少し気分が……」

「東雲様にお会いできて、嬉しいだけでございます。なあ、悠人」

浮島に、強い口調でそう遮られてしまう。ぎろりと睨まれた悠人は、頷くほかなかった。

「……はい」

「悠人もこう申しておりますから、どうぞごゆっくりなさっていって下さい。……ああそうでした、実は平助様にお見せしたいものがございまして。舶来の品なのですが、とても珍しいもので是非お勧めしたく」

　別室でお話を、と促す浮島は、おそらく平助を引きとめて東雲の足止めをする気だろう。

　急いでいるということだったし、きっと誘いには乗らないだろうと思った悠人だったが、平助はちら、と東雲を見やった後、頷いてしまう。

「……そうか、分かった。ならば少し見せてもらおうか。東雲様、失礼致します」

　立ち上がった平助を、こちらです、と案内しながら、浮島が襖を閉める。去っていく二人の気配に、残された悠人は正座した膝の上でぎゅっと拳を握りしめて俯き、必死に自分に言い聞かせた。

（大丈夫……、大丈夫だ。東雲さんは今日は早く帰るつもりだったみたいだし、平助さんもきっとすぐ戻ってくる。薬もすぐには効かないって言ってた）

　だが、そう考えている間にも、体の底にじわじわと妙な熱が籠もり始める。ドッドッドッと早鐘を打つ心臓に焦りが込み上げてきて、悠人は何度も深呼吸し、どうにか落ち着こうと試みた。

（……こんな熱なんて、気のせいだ。とにかくできるだけ早く東雲さんに帰ってもらって、薬のことは飲ませたけど効果が出なかったって言って……）

　考えを巡らせた悠人だったが、その時、スッと視界に影が落ちる。

　反射的に顔を上げた悠人は、近い位置にあった東雲の綺麗な顔にびくっと肩を揺らした。

「……っ」

「……この傷。どうしたの？」

　眉を寄せた東雲が、悠人の頬をそっと片手で包み込む。昨日、浮島に畳に突き飛ばされた時に擦ってできた傷のことだろう。東雲の肩の上で、黒鉄も首を傾げる。

「昨日はなかったけれど、まさか……」

　ぐっと表情を険しくした東雲に、悠人は咄嗟に嘘をついた。

「こ、転んだんです」

正直に話したら、二人で出かけたことを浮島に知られたと告げなければならなくなる。そうと知ったら、東雲は大金を支払うと言い出しかねない。

そんなことはさせられないし、それに昨日の出来事を色子と客という関係の上に起きたことにはしたくない。

あれは悠人にとって大切な、東雲との思い出なのだ――。

「……楼主にやられたのか」

しかし、勘のいい東雲はすぐに気づいて、顔を歪ませる。

「あの外道……！」

「待って！　待って下さい……！　本当に、転んだだけですから……！」

立ち上がり、浮島を追いかけようとする東雲を、悠人は必死に押しとどめた。しかしその時、ずくっと下腹に甘い疼きが走って、力が抜けてしまう。

「あぅ……っ！」

「悠人？」

突然その場に頽《くずお》れた悠人に、東雲が驚いてしゃがみ込む。

「大丈夫かい？　一体どうし……、ん？」

と、膝をついた拍子になにかが足に当たったのだろう。東雲が畳の上からそれを拾い上げる。

「これは……」

その手に握られたものを見て、悠人は大きく目を瞠った。それは、白い粉の入った小瓶だったのだ。

「……っ、返して下さい！」

先ほど頽れた時に袂から転がり出てしまったのだろう。慌てて東雲の手からそれを取り返し、ぎゅっと両手で握りしめた悠人に、東雲が耳を寝かせて眉根を寄せる。

「……悠人、それは？」

「…………」

「黙っていたら分からないよ。それはなに？　どうしてそんなに慌てているんだい？」

東雲が、なだめるように悠人の肩に手を伸ばしてくる。その大きな手が触れた途端、そこから体の中心に向かってビリッと電流のようなものが駆け抜けて、悠人は甘い悲鳴を上げてしまった。

「ひぁ……っ！」

「……っ」

息を呑んだ東雲が、パッと悠人から手を離す。

「す、すまない。……やはり体調が悪そうだね。すぐに医者を呼んで……」

「……大丈夫、です」

はあ、と熱い吐息を零しながらも、悠人はどうにかそう告げた。

しかし、ひと言告げるその間にも、ぞくぞくと腰の奥から誤魔化しようのない快楽が湧き上がってくる。なにもしていないのに性器に熱が集まるのが分かって、悠人は目眩がしそうなほどの羞恥を堪え、必死に身を丸めた。

(どうしよう……、こんな……、こんなの絶対、気づかれたくない……っ)

いくら薬のせいとはいえ、こんな状態になってしまっているのを東雲に知られるなんて耐えられない。

ぎゅっと身を縮めた悠人は、どうにか声を振り絞って言う。

「す……、少し休めば、平気ですから……」

「しかし……」

「……っ、大丈夫です、本当に」

ずくん、ずくん、と血が巡る度に肌が粟立って、少しでも気を抜けばすぐにも甘い声が漏れてしまいそうだ。何度も息を詰め、肩を震わせて、悠人は消えそうな声で頼み込んだ。

「今日はもう……、もう、帰って下さい……」

「……悠人」

「お願い、ですから……」

ここで東雲を帰してしまったら浮島にどれだけ責められるだろうとか、他の男に犯されてしまうだとか、もうそんなことを考える余裕なんてない。

ただただ目の前の人に気づかれたくなくて、こんなみっともないところを見られたくなくて、――嫌われたくなくて。

「……っ、……っ」

溢れそうになる涙も声も必死に堪えて、悠人はぎゅっと自分の腕で己の体を抱きしめた。息を殺し、身を震わせている悠人に、東雲がそっと謝る。

「……すまない、悠人。いくら君の頼みでも、それは聞けない」

「……っ、な、んで……」

東雲なら、頼めばきっと引いてくれると思っていた。どうしてとかすれた声で問いかけると、東雲は困ったように耳を伏せて言う。

「こんなに苦しんでいる君を放って帰るなんて、できるわけがないだろう。とにかく、医者が嫌なら横になりなさい。布団まで連れていくから、私に摑まって……」

身を乗り出した東雲が、抱き上げようと悠人の腰に手を回してくる。するり、と腰を撫でられた途端に駆け抜けた甘い、甘い衝撃は、我慢を重ねた体には酷なほどの快感で――、悠人はそれを堪えることが、できなかった。

「ふぁあ……っ、あぁあ……！」


「……っ、ゆ、うと」

腕の中でびくびくとあからさまに跳ねる悠人に、東雲が愕然とする。信じられないものを見るようなその視線に、悠人はついに耐えきれず、ぼろっと涙を零した。

「ご……、めんなさい……っ、ごめんなさい、見ないで下さい……！」

必死に東雲の胸元を押し返し、もつれそうになる足をどうにか動かして部屋の隅に逃げる。膝を抱えてぎゅっと身を縮め、悠人は声を震わせた。

「僕、今変なんです……っ、だからもう、……もう、放っておいて下さい……！」

「変って……」

呟いた東雲が、ハッとしたように言う。

「……っ、まさかあの楼主に、なにかおかしな薬を使われたのか？　その小瓶の薬も、私に盛るように持たされて……」

「っ、違います……！　これは……、これは、ただの塩です……っ」

「……塩？」

悠人の言葉に、東雲がぽかんとする。

畳の上で丸めた爪先にすら走る、信じられないくらい甘い疼きを懸命に堪えながら、悠人はぽろぽろと涙を零して打ち明けた。

「っ、昨日、別れ際の話を、浮島に聞かれていたんです……。それで、どういうことだって……。や、約束のひと月が過ぎたら他の客を取らせるつもりなのに、抱かれてないなんて困るって……」

「……それで、私に君を抱かせるために、君に媚薬を使ったのか？」

まさか悠人が自分で媚薬を呷ったとは思いも寄らないのだろう。浮島のお膳立てかと眉を寄せる東雲に、悠人はふるふると頭を振った。

「……っ、薬は、僕が自分で……。東雲さんにこっそり飲ませろって言われたけど…、そんな怪しいもの、東雲さんに飲ませたくなくて……」

「……君が、自分で？」

「し……、東雲さん、今日来ると思わなくて……」


一人で堪えるつもりだった。そう告げた悠人に、東雲が大きく目を瞠る。

「君は……、……なんて、無茶なことを」

「ご……、めんな、さい……」

「ああいや、謝らないで。……怒っていないから」

それで塩か、と納得したように呟いて、東雲はそっと問いかけてくる。

「でも、どうしてそれを隠そうと？　君はなにも悪くないんだから、言ってくれれば……」

「……っ、だって、嫌われたくない……！」

思わず顔を上げてそう叫んだ悠人に、東雲が驚いたように息を呑む。

涙の滲んだ目元に両手をぐっと押しつけて、悠人は必死に堪えていた感情を吐露した。

「っ、今日、東雲さんに抱かれなきゃ、他の男に犯させるって……っ、でも、だから抱いて下さいなんてそんな……、そんなこと、言えない……！」

「……悠人」

「そんな、東雲さんの気持ち利用するみたいなこと、したくない……！　そんなことで嫌われるくらいなら、僕……っ、僕は……！」

感情が膨れ上がって、爆発しそうで、ひっく、と大きく喉が鳴る。引っくり返りそうな呼吸をどうにか落ち着けようと、悠人は幾度も目元を擦り、震える声を懸命に絞り出して謝った。

「す、みま、せ……、僕……っ、僕、今日、おかしい……っ」

思えば先ほどから、感情がぐちゃぐちゃだ。普段こんなに感情的になることなんてないのにどうしてと混乱する悠人に、東雲が気遣わしげに言う。

「……薬のせいだよ。吐き出せたらいいんだが……、……もう回っているしな」

せめてお茶を、と立ち上がった東雲が、湯飲みにお茶を注いで歩み寄ってくる。部屋の隅で縮こまったままの悠人の前に膝をつくと、東雲は湯飲みを畳の上に置いて言った。

「つらいかもしれないが、少しでも飲んでおきなさい。……ゆっくりでいいから」

「……は、い」

ありがとうございますと呟いて、悠人は湯飲みに手を伸ばした。けれど、過敏になった指先は、つるりとした湯飲みの感触だけでも快感を拾い上げてしまい、とても持っていられない。

「……っ、う……っ」

「……私が」

見かねた東雲が、そっと湯飲みを取り上げて悠人の口元に運んでくれた。零さないよう、角度を調整して飲ませてくれる。

「……っ、ありがとう、ございます」

半分ほど飲んだところでお礼を言って、悠人は息をついた。身の内に渦巻く疼きはどんどん大きくなっているが、感情はだいぶ落ち着いた気がする。

湯飲みを遠ざけた東雲が、じっと悠人を見つめながら、ぽつりと言う。

「……嫌うものか」

いつも穏やかな笑みを浮かべているその顔は、表情を消すと怖いくらいに綺麗だった。

「そんなことで君を嫌ったり、するものか。だから、私に嫌われるくらいなら他の男に抱かれるなど、たとえ冗談でも言わないでくれ。……お願いだから」

強ばった静かな声に、悠人は自分の考えが間違っていたことを悟る。

「……っ、すみま、せ……」

「謝るのは私の方だ。なにせ、君がそこまで苦しんだというのに……、私はそれを嬉しく思ってしまっているんだからね」

ふ、と自嘲気味に笑って、東雲が続ける。

「悠人が私の気持ちを利用したくないと思ってくれた。私の気持ちを大事に思ってくれた。それだけでも嬉しいのに、君は私に嫌われたくないと思ってくれた。他の男に身を任せるとまで思ったのは業腹だが……、君はそこまでしても私に嫌われたくないと、そう思ってくれた」

「それは……、だって東雲さんは、僕にとってすごく、大事な人で……」

だから、としどろもどろに言った悠人に、東雲がやわらかく笑う。

「ああ。そう思ってくれているのが分かったから、嬉しいんだ。……君を苦しめてしまった自分のことは、本当に腹立たしいのだけれどね」

「東雲さん……」

優しく目を細めた東雲に、泣きわめいたことが急に恥ずかしくなって、悠人はうろうろと視線を泳がせて言う。

「し……、東雲さんがそんなふうに思うこと、ないです……。僕が勝手に、……勝手にあれこれ考えただけで、だから……、……東雲さん？」

しかしそこで、東雲が不意に悠人の方に身を乗り出してくる。つられて東雲の顔を見上げた悠人は、突然腕を伸ばしてきた東雲に抱き上げられ、走った快感に嬌声を零した。

「あ、ん……！　な……、なに……っ」

「……本当は一人にしてあげた方がいいのだろうが、このまま私が帰ったら楼主に君が媚薬を飲んだことを知られてしまうかもしれないからね」

軽々と悠人を横抱きにした東雲が、間続きの部屋へと向かう。東雲が歩く度に体が揺れ、肌が着物に擦れて、そこから生まれるぞわぞわとした快感が悠人を苛んだ。

「う、あ……っ、や、やめ……っ」

「あの業突く張りのことだから、積むものさえ積めば君の貞操を守ることも、私が君を独り占めする期間を延長することも容易いだろうが……、君が私のために自分の命令に逆らったと知れば、逆上するかもしれない。……君をこれ以上傷つけられたら、私はあの下郎になにをするか分からない」

すでに敷かれていた布団の上に悠人をそっと下ろした東雲が、痛ましそうに目を眇め、悠人の頬の傷を指先で撫でる。チリッと走った甘い痛みに悠人がびくっと震えるのをじっと見つめた後、東雲はやおら立ち上がって肩の上の黒鉄を手首に移した。

「……平助に、今日は帰らないと伝えてきてくれるかい?」

そっと囁きながら障子を開けた東雲に、黒鉄がカア、と仕方なさそうにひと声上げる。

頼むよ、と黒鉄を庭に放った東雲は、障子に続いて襖も閉め、ふわりと尻尾を揺らして悠人を振り返った。布団の上で身を起こし、荒く息を零す悠人のすぐそばに膝をつく。

「し……、東雲さん……。僕、こんな……、こんなの、嫌です……」

自分で媚薬を飲んだせいとはいえ、それで東雲と一線を越えてしまうなんてこと、していいはずがない。なにより、ゆっくり考えてほしいと言ってくれた彼との関係を、こんなことで歪ませたくない。

「……っ、僕、ちゃんと考えたいです……っ、東雲さんのこと……!」

涙混じりにそう訴えた悠人に、東雲はふわりと苦笑を浮かべた。

「……うん。私も、こんなことで君を自分のものにしようなんて思っていないよ」

「あ……、そ、それじゃ……」

「……でも、さっきからもう君が可愛くて、愛おしくて、仕方なくてね」

ふ、と笑みを深くした東雲が、とんっと悠人の肩を押してくる。

たったそれだけで簡単にころりと布団の上に転がされてしまって、悠人は驚いて息を詰めた。

「……っ、東雲、さ……」

「君を楽にするだけ。誓ってそれ以上のことはしないよ」

そう告げた東雲が、するりと悠人の着物の帯を解く。

「ごめんね。狡い大人なんだ、私は」

だから、と解いた帯紐にくちづけを落として、東雲が悠人に覆い被さってくる。

「今だけ全部、私のせいにしなさい。……私が全部悪いのだから」

――部屋の外で、バサバサと黒鉄が飛び立つ音が聞こえる。

近づいてくる黒い瞳の奥に浮かぶ金色の光が、まるで宵闇に浮かぶ星のように瞬いて見えた――。


とろり、と下肢が蕩けてしまったような錯覚に、悠人はもうずっと泣き喘ぐことしかできずにいた。

「あ……っ、あ、や……！　し、東雲、さ……！」

桜の打ち掛けはとっくにはぎ取られ、お仕着せの緋襦袢の前も大きくはだけられてしまっている。

布団の上に座った東雲の膝の間にすっぽりとおさまるような形で後ろから抱きすくめられた悠人は、閉じられないように開かされた足の間を大きな手で弄られ続けていた。

「ひぅっ、あ、あぁっ、や……っ」

くちゅくちゅと鳴る蜜音が恥ずかしくて、東雲の手をどうにかそこから剝がそうとするのに、力の入らない指先では骨ばった手の甲をカリカリと引っかくのが精いっぱいで、くすぐったいよと耳元で笑われてしまう。

逃げようとしても長い腕で優しく搦《から》めとられ、どこへ行くのと耳を甘く齧《かじ》られてしまって、もう全身どこもかしこも力が入らなくて、ふにゃふにゃで。

（なにこれ……、こんな、こんなの知らない）

指先まで燃えるように熱くて、その熱さも、自分でするのとはまるで違う感覚も怖くてたまらないのに、気持ちがよくて頭が混乱する。

こんなの媚薬のせいだと思おうとしても、直接的な快楽だけではない、背中を包み込む広い胸の温度だとか、腕の逞しさだとか、長い指の優しさにこそ感じてしまっている自分に気づかされるばかりで。

「もう……、も、やめ……っ」

「ん……、大丈夫だよ、悠人」

可愛いと耳元で囁かれて、ずくんと下腹が甘く痺れる。

男なんだからそんなことを言われたって嬉しくないはずなのに、低くて甘い、とろりと色気が滴るような声で囁かれると、思考が全部蕩けてしまう。あとに残るのはもう、気持ちいいと恥ずかしいばかりで、膨れ上がる一方のその快楽に悠人は必死に抗おうとした。

「だ、め……、駄目です、こんな……！　こんな、の……」

「……私にこういうことをされるのは嫌？」

「そ……っ、そういう、ことじゃ……っ」

嫌とか嫌じゃないとか、そういう問題ではないと首を振る悠人に、東雲が低く笑って言う。

「そういうことだよ、悠人。嫌じゃないなら、このまま私の手に委ねてほしい」

「で、も……っ、東雲さんに、こんな……、んんっ、こんなこと……っ」

東雲にこんな、自慰の延長のようなことをさせていいはずがない。なんとか理性にしがみつこうとする悠人だが、東雲はそれを聞くなり悠人の性器を一層激しく擦り立ててくる。

「は……っ、あっ、んんっ、ひあ、あ、あ！」

蜜まみれの手で緩急をつけてぐちゅぐちゅと扱かれ、親指の腹で弱い段差の部分や先端の孔を弄られる。腰が砕けてしまいそうな快楽に、悠人はひとたたまりもなく東雲の腕に縋りついた。

「ああっ、や……っ、駄目、だ、めぇ……っ」

「ん……、駄目になっていいんだよ、悠人」

ハア、と熱い息をついた東雲が、悠人の耳元に幾度も唇を押しつけてくる。まるでそうせずにはいられない、そうしなければくちづけてしまうとでもいうように悠人の耳朶を甘く齧りながら、東雲は低く深い声で囁きかけてきた。

「君が媚薬を飲んでしまったのは、私のせいだろう？　だったら私にその責任をとらせてほしい」

「んんっ、や……っ、や、ああっ、んんん！」

「ほら、もう限界だろう？」

出していいよ、と優しい声が悠人を唆《そそのか》す。渦巻く熱い衝動に堪えきれず、悠人は東雲の腕の中で身を捩った。

「も……っ、も、駄目……っ、で、る……っ！」

大きな手に包まれた花茎が、びくびくと震えながら白蜜を零す。ぴゅる、ぴゅっと駆け上がる精液の感触にすら感じ入ってしまって、悠人は東雲の腕の中で身を打ち震わせた。

「は……っ、あ、ん、んん……」

自慰で得るよりもずっと深く、ずっと激しい絶頂に、頭が真っ白になってしまう。

東雲にくったりと背を預け、はふはふと荒い呼吸を繰り返すことしかできずにいる悠人に、東雲が優しく微笑みかけてきた。

「可愛かったよ、悠人。……でも君のここは、まだ足りないみたいだね」

「え……」

ぼんやりとしていた悠人は、東雲のその言葉に驚いて足の間に視線を落とした。すると、射精したはずの性器が萎えもせず、上を向いている。

「……っ、なんで……」

「媚薬のせいだろう。大丈夫、楽にしておいで」

「楽にって……」

するりと悠人から身を離した東雲が、悠人の前に回り込む。なにを、と悠人が目を瞠っている間に、東雲は悠人の足の間に顔を寄せ——。

「……っ、し、東雲さ……っ、あ、ひあ……っ！」

ちゅ、とそこにくちづけられたと思った次の瞬間、ぬめる口腔に性器を含まれて、悠人はびくんと肩を揺らした。

「……ん」

ぐっと悠人の腿を押し、大きく足を開かせた東雲が、より一層深く頭を沈めていく。達したばかりで敏感なそれに這わされる熱い舌に、悠人はパニックに陥ってしまった。

「やめ……っ、やめて下さい、そんな……っ、やあ……っ！」

こういう愛撫があることは知識としては知っているけれど、実際にそんなところを舐められるなんて衝撃的すぎて頭が追いつかない。ましてや今、自分のそこは先走りの蜜どころか、精液まみれになってしまっているのだ。

（こんな……っ、こんなの東雲さんに舐められるなんて……！）

「駄目です、東雲さん……っ！　汚いから……っ、あっ、ひぅうっ、うぅうー……！」

しかし、どうにかやめさせようと東雲の頭に手をやったところで、ぐっぷりと根元まで咥え込まれたそれをちゅうっと強く吸われてしまう。途端に走った腰が抜けてしまいそうな快美感に、悠人は思わずぎゅうっと東雲の髪を握りしめて背を丸めた。

「ふ、あ……っ、あっんんん……っ」

「……ふ、この可愛い体のどこに、汚いところが？」

ちゅう、ともう一度強く吸って顔を上げた東雲が、含み笑いを零しながら悠人のそれに舌を這わせる。

肉厚の長い舌は天鵞絨《ビロード》のようになめらかで、ぬるぬると舐め上げられるとそれだけでもう声が堪えられない。

「あ、んんっ、ふあぁ……っ」

「……声も可愛い」

もっと聞かせて、と囁いた東雲が、震える花茎を唇でやわらかく喰み、ねっとりと舌で撫で擦ってくる。熱い舌に苛められたそこが、チョコレートのようにとろとろと溶けてしまいそうな錯覚に襲われて、悠人は東雲の髪を摑んだまま身悶えた。

「んや……っ、溶け、る……っ、溶けちゃう、から……っ」

「いいよ。全部、溶かしてあげよう」

とろりと光る瞳で微笑んだ東雲が、再びそこに頭を沈めていく。

狭くて熱い、ぬめる粘膜にすっぽりと包み込まれて、悠人は咄嗟に両手で口元を押さえ、甘い悲鳴を吞み込んだ。

「——……っ、ん——……！」

「……ん……」

悠人が声を堪えたのが不満だったのだろう。低い呻きを漏らした東雲が、悠人のそれを深くまで咥え込んだまま、舌先でぐりぐりと先端を嬲ってくる。

潜り込もうとするかのように小孔をぬちぬちと苛められ、先ほどの吐精で濡れた手で優しく蜜袋を揉みしだかれて、悠人はもうほとんど東雲の頭を抱え込むようにして泣き喘いだ。

「ひぁああ……っ、ああっ、ん、ん……っ、あっあっあ……！」

はだけられた胸元に当たる東雲の耳が、ピンと尖った乳首を掠める。ふわふわの被毛で擦られて快感を得てしまうことに罪悪感を覚えるのに、媚薬で火を点けられ、東雲に追い上げられた体はすっかり貪欲になってしまっていて、東雲の耳を追いかけてもぞもぞと動いてしまう。

気づいた東雲が、悠人を口に含んだままくぐもった声で聞いてきた。

「……こう？」

「っ、ひうん……っ、んあっ、あん、んー……！」

ぴるぴる震える耳の先で乳首をくすぐられ、感じ入った喘ぎを漏らす悠人に、東雲がくすくすと笑みを零す。

「ふふ、こんなところで感じるなんて、いけない子だね。……可愛いよ、悠人」

もう一度達してごらん、とひそめた声で唆され、熱い舌で性器を舐め回されて、もうなにがなんだか分からない。

射精を促すようにちゅうちゅうと優しく吸われ、全身どこもかしこもびくびくと震えさせながら、悠人は襲い来る二度目の快楽の波にきつく目を瞑った――……。


ふこふこと、やわらかいものが腰の辺りを撫でている。

（……きもち、い……）

薄い浴衣越しに当たるそのふかふかな感触にうっとりとして、悠人はもぞもぞと身を丸めた。ぺたんと額に当たっているものはなめらかであたたかく、しかもぽかぽかの日だまりのようなほっとする匂いがする。

（なんだかすごくいい夢だ……。あったかいし、ふわふわだし、いい匂いだし……）

「ん……」

でももう朝なのか、少し眩しい。

目を閉じていても感じるその眩しさが嫌で、もう少しだけこの心地いい微睡みに揺蕩《たゆた》っていたくて、そのいい匂いのするものにしがみついてすりすりと鼻先を擦りつける。

すると、くすっと優しい笑みが頭の上で弾けて、大きな手に背中を抱き寄せられた。

「……おいで」

甘やかすみたいな囁きは低く穏やかで、とろとろとした眠気に包まれた頭にやわらかく響く。

んん、と鼻にかかった声で頷いて頬を寄せた悠人に、声の主は苦笑を零したようだった。

「たまらないな、これは……」

「……？」

なにがだろう。ぼうっとした頭で考えていると、カア、と近くで烏の声がする。

「こら、いけないよ、黒鉄。悠人が起きてしまう」

ひそひそと咎めるその声に、またカア、とひと声。

（烏……、くろがね……？）

どうして朝なのに黒鉄がいるのだろう。だって東雲が来るのはいつも夜で、朝まで一緒に過ごすことはないのに。

ふわふわの頭がようやく働き出して、悠人はぼんやりと目を開ける。ぽやんと見上げた先には、綺麗な顔で微笑む東雲がいて——……。

「……おはよう、悠人。すまない、起こしてしまったかな」

「…………」

「おや、まだお眠か。もう少し寝るかい？」

ふふ、と笑った東雲が、まるで子供を寝かしつけるようにふわんふわんと尻尾を揺らして、悠人の腰を撫でてくる。むー、と目を眇めて悠人は尋ねた。

「しののめ、さん……？」

どうして一緒に寝ているのか、そう聞きたかったのに、出てきた声は何故かかすれてしまっていて、喉もカラカラに干上がっている。

悠人の声を聞いた東雲が、眉を寄せて身を起こし、立ち上がった。

「声が……。すまない、私のせいだね。今水を持ってこよう」

（東雲さんの、せい……？）

身を起こして首を傾げた悠人を見つめて、黒鉄もクア、と小首を傾げる。

隣の座敷へと向かう東雲の後ろ姿を見送りつつ、悠人はなんだっけ、と懸命に頭を働かせた。

（えっと……、昨日は確か……。……そうだ、僕、媚薬を……！）

「っ！」

思い出した途端、羞恥が込み上げてきて、ぶわっと顔が熱くなる。

（え……、えっ、僕、なにやってんの⁉ 途中で寝たの⁉）

どう考えてもそうとしか思えない。

確か口で追い上げられた後、東雲が少しだけだからと言って後孔に触れてきたのだ。

指で優しく撫でられるだけだったけれど、それでも怖くて、嫌だやめてと泣いてしまったのを覚えている。すると東雲はすぐにやめてくれて、泣かせてごめんね、お詫びにたくさん気持ちよくしてあげるからと、媚薬でまだ治まらない悠人の性器を口で愛撫し始めて――。

（そうだ……、それで確か、何回も口で達かされて、し……、東雲さん、僕の、飲んじゃって……）

もうその頃には媚薬のせいで理性もプライドもぐずぐずで、そんなもの飲まないで下さいとべそべそ泣いていた。苦笑した東雲に、もうしないから安心してと頭を撫でられて、甘やかすようなその手が気持ちよくて、うとうととしてしまって。

（……それでそのまま寝ちゃったのか、僕）

事の次第を思い出し、愕然とした悠人だったが、その時、東雲が部屋に戻ってくる。

ピョンピョンと跳ねた黒鉄が、定位置の東雲の肩に飛び上がった。

「はい、悠人。自分で飲めるかい？」

「は……、はい。ありがとう、ございます……」

ぎこちなくお礼を言って湯飲みを受け取り、少しずつ水を飲む。悠人が飲み終わるまでじっと待って、東雲は穏やかに聞いてきた。

「もう一杯飲む？」

「い、いえ……。大丈夫、です」

とてもじゃないが、東雲の顔を見られない。湯飲みを両手で抱え、俯いてしまった悠人に、東雲が苦笑を浮かべる。

「その様子だと、全部思い出したみたいだね」

「………」

「そんなに恥ずかしがらなくてもいいのに。とても可愛かったよ」

「か……」

臆面もなくさらりとそんなことを言う東雲に、ぱくぱくと意味もなく口を開閉させて、悠人はしゅう、と頭から湯気を出す勢いで呻いた。

「……ご迷惑かけて、すみませんでした……」

「迷惑どころか、私にとっては役得だったんだけどなあ」

「……っ、ご迷惑かけて、すみませんでした！」

昨夜のあれは、あくまでも自分が東雲に迷惑をかけたということにしてもらいたい。そうでなければ羞恥でどうにかなってしまいそうだ。

顔を真っ赤にして繰り返した悠人に、東雲がおかしそうに笑う。

「はいはい。私こそ、無理をさせてごめんね。体の具合はどう？　どこか変な感じはしない？」

媚薬の影響を心配してくれているのだろう。もしかしたら朝までついていてくれたのも、悠人の体調を確かめるためかもしれない。

悠人は慌てて居住まいを正して答えた。

「だ……、大丈夫です。……多分」

腰が重怠い感じはあるし、ちょっと口に出せないような恥ずかしいところが少しひりつく感覚はあるけれど、少なくとも昨夜のように熱に呑まれてぼうっとする感じはしない。悠人に頷いた東雲が、真剣な顔つきになる。

「今回は幸いそこまで強い薬ではなかったようだけれど、中身の分からないものを飲むなんて無茶、これきりにしてほしい。私のことを思ってくれたのは嬉しいが、君になにかあったらと思うと肝が冷える。今度こういったことがあったら、早まった真似はせず、まずは私に相談するように。いいね？」

「……はい。すみませんでした」

しっかりと釘を刺されて、悠人は肩をすぼめて謝る。すると東雲は、幾分声をやわらげて微笑みかけてきた。

「こういうことだけじゃなく、なにか困ったことが起きたらすぐに私を頼ってくれると嬉しい。もちろんこれは私の勝手なお願いだし、君が誰を頼るかは自由だけれど……、できれば君が困った時には、一番に力になりたい」

「東雲さん……、……でも」

自分に好意を寄せてくれている彼に頼るのは、とどうしても躊躇してしまう悠人に、東雲が苦笑を浮かべて言う。

「少し重かったかな。ごめんね、私は単純な男だから、好きな子に頼られたら嬉しい。……ただそれだけだよ」

やわらかな声で気遣うように言った東雲が、こちらをじっと見つめてくる。その穏やかで優しい瞳に、悠人は自分の心に刺さっていた小さな棘がすうっと消えていくのを感じた。

（やっぱり……、やっぱり東雲さんは、浮島の言うような人じゃない……）

闇雲に浮島の言葉を否定せずにはいられなかっただけの昨日と違って、今はそれがちゃんと分かる。

東雲は、絵空事の恋愛を楽しむためにこんなことを言うような人ではない。

（この人は、心から僕に気持ちを預けてくれている。損得も見返りも考えずに、本当に僕のことを心配してくれている）

東雲の想いは、決して一時の火遊びではない。彼は本気で自分のことを好きでいてくれている――。

（……嬉しい、な）

じわじわと湧き上がる喜びを噛みしめて、悠人は口元をほころばせた。

東雲にそう想われて嬉しい。

東雲の気持ちを信じることができて、嬉しい。

これからのことがどうなるのか、それは分からない。いくら東雲でも、この先ずっと自分を独占し続けるなんて無理だろうし、色子として花籠にいる以上、自分はここで客を取らなければならないだろう。

それでも自分は、東雲のことを信じたい。

誰になにを言われようと、なにが起きようと、この気持ちを大切にしたい。

東雲の隣なら、この世界のことをきっともっと好きになれる――……。

（……ああ、なんだ）

ふ、と自分の中の確固たるその想いに気づいて、悠人は目を瞠った。顔を上げ、東雲を見つめる。

（僕、もうちゃんと、東雲さんのことが……）

「悠人？　どうか……」

黒鉄の嘴を撫でていた東雲が、悠人の視線に気づいて首を傾げた、――その時だった。

突如、廊下の方からワッと喧噪が聞こえてくる。

悲鳴混じりのそれに、東雲がサッと顔つきを変えて素早く立ち上がった。

「君はここに」

短く言い置き、驚く悠人の肩に黒鉄を移して、素早く廊下に出ていく。きっちり襖が閉められる直前、廊下に奇声が響き渡った。

「この化け物め……ッ！」

「……っ、な、なに……？」

取り残された部屋で一人茫然と呟く悠人の耳に、逃げ惑う色子たちの悲鳴と慌ただしい足音が聞こえてくる。

（お客さんが暴れてる……？）

酔客が正体を失くして暴れているのだろうか。しかし今は朝で、残っているのは泊まりの客ばかりのはずだ。夜中ならいざ知らず、この時間にそこまで酔っている客など、今までいたことはなかった。

戸惑う間にも、男の奇声はどんどんこちらに近づいてくる。と、その時、低く鋭い声が響いた。

「君たち、こちらに来なさい！　私の後ろへ！」

どうやら東雲が色子たちを誘導しているらしい。近くで鈴蘭の声がした。

「みんな、ひとまずこの部屋へ……」

促す声と共に、悠人のいた部屋の襖が開けられる。ドッと逃げ込んできた仲間たちの先頭にいたリンに、悠人は駆け寄った。

「リン！　なにがあったの？」

「いや、オレもよく分かんなくて……っ」

「紫苑のお客が急に暴れ出したんだよ」

教えてくれたのは、紫苑に肩を貸した鈴蘭だった。額から血を流した紫苑が、悔しそうに呻く。

「くそっ、あの野郎……っ、匕首《あいくち》なんて持ち込みやがって……！」

「え……っ」

紫苑のひと言に、悠人は真っ青になってしまう。寝起きの東雲は、当然丸腰のはずだ。ということは東雲は今、武器も持たずに刃物を持って暴れる客と対峙しているのか。

愕然とする悠人をよそに、紫苑が暴れ出す。

「っ、離せ、鈴蘭！　自分の客の始末くらい、自分でつける……！」

「なに言ってるの、紫苑！　いいから、ひとまずここから逃げるよ。悠人も一緒に……、っ、悠人！」

　しかし皆まで聞いていることなど到底できずに、悠人は衝動のままその場にあった湯飲みを引っ摑むと、廊下に飛び出していた。すぐに気づいた東雲が、振り返って目を瞠る。

「悠人！　部屋にいろと……」

　東雲の肩越しに、ギラリと光る刃物を持った男が見えた途端、悠人は無我夢中で手にしていた湯飲みを投げつけていた。

「逃げて下さい、東雲さん……っ！」

　ゴッと鈍い音を立てて、湯飲みが男の顔面に命中する。

「ぐあっ⁉」

　怯んだ男がたたらを踏んだ隙を、東雲は見逃さなかった。

「……っ、そこまでだ！」

　素早く男の間合いに踏み込み、その手に手刀を叩き込んで匕首を取り落とさせる。そのまま男の手首を摑み、ギリギリと容赦なく捻り上げながら、東雲は男を睨んで告げた。

「こんなところで暴れるなんて、無粋がすぎるだろう……！　いい加減、観念して……」

　しかし、次の瞬間。

「ひ……っ！　ば……っ、化け物……っ！　この化け物め……！」

　怯えたように叫んだ男が、めちゃくちゃに暴れ出す。手首を捻られているというのに、まるで痛みを感じていないかのように暴れる男に、東雲がぐっと眉をきつく寄せて唸った。

「っ、この……！」

「東雲さん！」

　悠人が叫んだ瞬間、肩から黒鉄が勢いよく飛び立つ。ガァーッとけたたましい鳴き声と共に顔に飛びついてきた黒鉄に、男が悲鳴を上げた。

「ひぃいい……っ！　あ、ぐ……っ！」

　悲鳴が終わる寸前、東雲が男の首の後ろに手刀を落とす。強制的に意識を奪われた男が、ガクッとその場に膝をつき、そのままドッと倒れ込んだ。

「……っ、黒鉄」

ふう、とひと息ついた東雲が、黒鉄を自分の元に呼ぶ。肩に飛び移ってきた彼に、よくやったと声をかけて、東雲は悠人の方へ歩み寄ってきた。

「大丈夫かい、悠人。……っと」

声をかけられた途端、ふっと力が抜けてしまい、頽れそうになった悠人を、東雲がさっと腕を出して支えてくれる。

逞しいその腕にしがみついて、悠人は頷いた。

「だ……、大丈夫です。すみません」

震える足にどうにか力を入れて、ちゃんと立つ。悠人が体勢を戻すのを見届けてから、東雲は部屋からおそるおそる顔を出して様子を窺っていた色子たちに声をかけた。

「誰か、適当な紐を持ってきてくれないか。それと、役人に連絡を……」

――しかし。

「……必要ねえよ」

色子たちが動き出そうとした刹那、その場に太く低い声が響く。声のした方を振り返った悠人は、驚きに息を呑んだ。

(あれは……)

廊下の反対側からやって来たのは、黒虎の獣人、不知火だったのだ。

「……あなたは？」

スッと進み出た東雲が、不知火に問いかける。フン、と顎を上げた不知火が、不遜に名乗った。

「俺を知らねぇとは、とんだ潜りだな。それとも知らねぇ振りをしてるだけか？」

「…………」

「まあいい。今日はあんたに借りができたしな。俺の名は不知火。協力には感謝するが、この花街は俺のシマだ。ここで起きた一切合切は、俺が仕切る」

おい、と低い声で命じた不知火の横に控えていた手下たちが、意識を失っている男に駆け寄って縄をかけ始める。つまらなそうにそれを眺める不知火の後ろに控えていた浮島が、媚びるような笑みを貼りつけて告げた。

「不知火様、こちらがあの東雲様でございます。今はこの花籠を贔屓にして下さっておりまして……」

「ああ、あんたが。……なるほどな」

スッと目を細めた不知火が、じろじろと無遠慮に東雲を見る。その視線に一瞬不快そうに眉をひそめた東雲だったが、すぐにいつもの穏やかな、しかしどこか冷たい声で不知火に答えた。

「では、後のことはあなたにお任せしよう。……悠人、こちらへ」

「あ……、は、はい」

不知火に対するのとはまるで違う、優しい声で呼ばれて、悠人は部屋に戻る。

襖を閉める間際、ちらりと見えた不知火の視線は、じっと東雲の背中に注がれていて——、それがどうしてか、無性に不安を掻き立てられた。

寿司飯を混ぜる手をとめて、悠人は用意していた具材を入れた皿を引き寄せた。

（えっと、今日は炒り胡麻と、刻んだ甘酢漬け生姜と紫蘇、それと……）

続いて引き寄せた皿にこんもりと盛られたシラスを見て、苦笑してしまう。

（……また山盛り用意しちゃった）

こんなにいらなかったな、と肩を落として、悠人は半量ほどを寿司飯に混ぜ、あとは皿に残した。

――花籠で紫苑の客が暴れたあの朝から、十日ほどが経った。

額を切りつけられた紫苑の怪我は、幸いたいしたことはなかった。

しかし、紫苑はもうこの花籠にはいない。顔に傷がついた色子など売り物にならないと怒り狂った浮島が、紫苑を格下の見世に売ってしまったのだ。

（紫苑さんはこれくらいなんともないって飄々《ひょうひょう》としてたけど……）

荷物をまとめ、じゃあなとあっさり出ていってしまった紫苑とは、それきり会っていない。

彼の好物だったシラスの稲荷寿司を作りながら、悠人は厨で一人小さくため息をついた。

売れっ子の紫苑が抜けたにもかかわらず、花籠は連日大盛況だ。というのも、あの日から座敷で振舞うようになった悠人の『オイナリサン』が客に受け、珍しい異世界の料理が食べられると評判を呼んでいるようなのだ。

これには浮島も大喜びで、もっとたくさんイナリ寿司を作れ、変わった具材を使えと、毎日のように命じられている。

（皆も喜んで食べてくれるから、稲荷寿司を作れるのは嬉しいけど……）

残ってしまったシラスを見ていると、どうしても紫苑のことを思い出してしまう。

もっとたくさん入れろといつも紫苑にせっつかれていたせいで、シラスの稲荷寿司を作る時は毎回分量を間違えてしまう――。

（……元気にしてるかなあ、紫苑さん）

せめて彼の売られた見世がどこか分かれば、作った稲荷寿司を届けることもできるのだけれど、とため息をついて、悠人はお重に三角の稲荷寿司を詰めていった。

気にかかるのは、紫苑のことばかりではない。東雲もまた、あの日以来花籠に姿を見せなくなってしまったのだ。

(元々仕事が忙しいみたいだったし、あの日も別れ際に、これからしばらく来られないと思うとは言われたけど……)

それでも、こんなに長い間東雲の顔を見ないのは出会ってから初めてで、落ち着かないし寂しい。

とはいえ東雲は、毎日稲荷寿司を取りに来る白鉄に手紙を預け、悠人を気遣ってくれている。手紙にはいつも、前日の稲荷寿司のお礼や感想と共に、君に会いたいというひと言や、出先で見つけて綺麗だったという野の花が添えてあり、東雲の優しさや想いがひしひしと伝わってきた。

(今度会えたら、ちゃんと告白の返事をしたいんだけど……)

手紙で返事をすることも考えたけれど、やはり直接会って想いを伝えたい。けれど、東雲が花代を払ってくれているのはあと数日分だけだ。

(その間に会えなければ、僕は他のお客さんを取らなきゃいけなくなる……)

あの日東雲が泊まっていったため、浮島の目は一応欺けたようだが、その後東雲が来なくなったことも当然把握されている。今のところ浮島は、暴れていた客を取り押さえた東雲には恩もあるし、前払いしてある間は他の男に悠人を抱かせることはできないと考えているようだが、それを過ぎればなにをさせるか、分かったものではない。

(……できればその前に、会いたい)

元気だったかいと、あの穏やかな低い声で笑いかけてほしい。東雲の優しい微笑みをもう一度見られたら、この先どんなことがあってもきっと頑張れると思うのに——。

知らず知らずのうちに再度ため息をついていた悠

人だが、その時、廊下の方からひょこっとリンが顔を出す。

「悠人、いるか？」

「あ、うん。どうしたの、リン？」

笑みを浮かべて聞いた悠人に、ちょっとな、と言ったリンが、顔をほころばせる。

「あっそれ、今日の分のオイナリサン？　うわー、美味そう」

小走りに寄ってきたリンが、味見させて、とねだってくる。悠人は苦笑して、作り立ての稲荷寿司を小皿に載せて出してあげた。

「はい。今日のはシラスと栗おこわだよ」

「やった、栗おこわ！　今日は薬屋の爺ちゃんが按摩に来るから、絶対ねだろうっと」

注文してもらっていっぱい食うんだ、と張りきるリンは、最近はすっかり開き直ってせっせと按摩に励んでいる。サービスするぞ、と気合を入れる彼に、悠人は笑ってしまった。

「うん、そう思ってたくさん作ってあるから、頑張って。それで、僕になにか用？」

どうやらリンは自分を探していたようだし、用事でもあったのだろうか。首を傾げた悠人に、リンが躊躇いつつ聞いてくる。

「ん……、用っていうほどのことでもないんだけどさ……。……あのさ、最近東雲様って、悠人のとこ来てない、よな？」

「え？　う、うん。あの一件以来、しばらく会ってないけど……。東雲さんがどうかしたの？」

そんなことを聞くなんて、東雲になにかあったのだろうか。悠人が聞き返すと、リンはあーともうーともつかない声でしばらく呻いた後、観念したように告げた。

「……実はオレ、昨日来た客から妙なこと聞いちゃってさ。その人、紫苑が行った見世の近くで金物屋やってて、昼間に紫苑を見かけたらしくて。声かけようとしたら、なんか薄暗い路地で、ちょっとあやしげな編み笠の男と逢い引きしてたんだって」

「逢い引き……？　紫苑さんが？」

ここにいた頃の紫苑は、昼間はとにかく寝ていて、ご飯の時くらいしか動いているのを見たことがなかった。何事にもやる気がなく、特定の客に入れ込むことがなかった彼が逢い引きなんて、なんだかイメージが湧かない。

「向こうの見世でいい人でもできたのかな……？」

訝しんだ悠人だったが、続くリンの言葉に衝撃を受ける。

「その人もそう思って、こっそり様子を窺ってたらしいんだ。けどその相手……、実は東雲様だったらしくて」

「え？　……東雲さん？」

拍子抜けして聞き返した悠人に、リンが眉をひそめて頷く。

「ちょっと話してすぐ別れてたみたいだけど……。でも偶然会ったとかじゃなく、待ち合わせしてたみたいだったって。オレもまさかと思ったけど、そのお客さんも嘘つくような人じゃなくてさ……」

リンの話を聞きつつ、悠人は首を傾げた。

（東雲さんと紫苑さんが、逢い引き？　待ち合わせして会ってたって……）

色子とこっそり見世の外で会う客というのは、ままいる。営業の一環と目を瞑っている見世もあれば、御法度と厳しく禁じている見世もあるが、いずれも客がその色子に入れあげている場合が多い。

きっとリンも、それを心配してくれているのだろう。

（……でも、東雲さんと紫苑さんに接点なんて、今までほとんどなかったはずだ。あの二人がそういう仲っていうのも……、なんだか違う気がする）

美男同士だし、並べば絵になる二人だとは思うけれど、彼らがどうこうというのは想像がつかない。第一、東雲は毎日自分に手紙をくれている。傲《おご》るわけではないけれど、それでもあれだけ真剣に自分を好きだと言ってくれた彼の気持ちが、たった十日かそこらで変わるとは思えない。

悠人は苦笑して言った。

「……多分、紫苑さんの怪我の具合が気になってお見舞いに行ったとか、そういうことじゃないかな？　東雲さん、今は仕事が忙しいみたいだし、リンが心配するようなことはないと思うよ」

　自分は東雲を信じている。そう穏やかに笑った悠人だったが、リンのもどかしそうな表情はなかなか晴れない。

「そうかもしれないけど……」

　言いにくそうにするリンに、悠人は少し嫌な予感がして尋ねた。

「……もしかしてまだなにか、心配するようなことがあるの？」

　だったら教えてほしい。東雲に関することならなんでも知りたい。

　真剣な表情になった悠人に、リンが逡巡しつつ切り出したのは、意外なことだった。

「心配するようなことっていうかさ……。その、悠人は最近厨に籠もりがちだから知らないかもしれないけど……、実はあの時暴れた客、阿片《あへん》をやってたらしいんだ」

「阿片⁉」

「バカ、声でかいって！」

　思わず大声を出してしまった悠人の口を、リンが慌てて片手で押さえる。しー、と注意されて、悠人はまだ目を丸くしながらもこくこくと頷いた。

　悠人の口元から手を離したリンが、声をひそめて教えてくれる。

「この間、鈴蘭さんとこに不知火の手下が客として来ててさ。鈴蘭さんにそんな話をしてたのを、禿の一人が聞いたみたいなんだ。あの男は阿片中毒だったって」

「……そうだったんだ」

　阿片について詳しくは知らないが、要するに麻薬の一種のはずだ。あの男は、阿片のせいで幻覚を見て暴れていたのだ。

（そうか、だからあの時、やたらと化け物って叫んでたんだ……）

　納得した悠人に、リンが唸る。

「官憲《かんけん》が身柄の引き渡しを求めたらしいけど、まあ無駄だよな。この花街で起きた不祥事は全部、不知火が揉み消すから。官憲も躍起になって不知火を追ってるみたいだけど、神出鬼没でこれまで一度も捕まえられたことがないんだってさ」

肩をすくめて恐ろしそうに言ったリンが、少し言いにくそうにしつつ切り出す。

「……それでさ、そのことで最近皆が噂してるんだよ。あの客に阿片を売ってたのは、紫苑なんじゃないかって。だから浮島が、あんなに急によその見世に売り払ったんじゃないかって……」

「な……」

言葉を失った悠人をじっと見つめて、リンが腹をくくったように言う。

「もし……、もしもそれが本当だとしたら、紫苑に阿片を売るよう指示してた奴がいるってことだろ？それって、もしかしてさ……」

「……っ、違う！」

思わずリンを遮って、悠人は叫んでいた。大きく目を見開いた悠人に、リンが気遣わしげに言う。

「……気持ちは分かるよ。オレだって、紫苑が売人だったかもとか、東雲様がその元締めなんじゃないかとか、考えたくない。でも……、でもさ、もし、それが本当だったら？」

「リン……、考えすぎだよ。そんなことあるわけない。東雲様も紫苑さんも、そんな人じゃ……」

「……っ、そんなの分かんないだろ！」

なだめようとした悠人に、リンが勢い込んで叫ぶ。悠人が思わず怯むと、リンはくしゃっと泣き出しそうに顔を歪めて言った。

「だってもしそれが本当だったら、東雲様、悠人のこと利用しようとしてるかもしれないじゃん……！　そうじゃなくたってお前お人好しだから、もし東雲様が悪い人だって知っても庇っちゃうかもしれない！　悠人がなんか危ないことに巻き込まれるんじゃないかと思ったら、オレもう、……っ、もう、居ても立ってもいらんなくて……っ！」

「……リン」

自分のことを心配してくれるリンに、悠人はじんと胸が熱くなった。悠人の腕にしがみつくようにして、リンが続ける。

「……悠人が東雲様のこと好きなの、なんとなく気づいてた。だってお前、東雲様のこと話す時すっげぇ楽しそうだもん。でも、……でも東雲様がお前のこと買ってくれてるの、あと何日もないじゃん。そうなったらお前……、お前は……」

「……ありがとう、リン」

リンの言いたいことが分かって、悠人はお礼を言った。

「大丈夫だよ。確かに僕は、あともう何日かしたら、他のお客さんを取らなきゃいけなくなる。でもそれは、リンや他の皆と同じだ」

「っ、同じじゃねぇだろ！　だってお前は東雲様のこと……！」

好きなのだろう、そう問われて、悠人は素直に頷いた。

「……うん。それでも、色子としてここに置いてもらっている以上、やらなきゃならないことだから」

気持ちの整理はついているんだと、悠人は笑みを浮かべた。

「ずっとずっと、元の世界に帰りたかった。なんでこんなことになっちゃったんだろう、どうして僕がって、そう思ってた。でも今は、この世界のことをもっと知りたいって思ってる。それはリンや見世のみんなや……、東雲さんのおかげだ」

リンたちがいてくれたから、どうにか前を向くことができた。

東雲がいてくれたから、この世界で生きていこうと思えるようになった。

彼らがいてくれる限り、なにがあっても自分はきっと、大丈夫だ。

「心配してくれてありがとう、リン。でも僕は東雲さんのこと、信じてる。……大丈夫、東雲さんはきっと、紫苑さんのことが心配でお見舞いに行っただけだよ。あの人が阿片なんて流してるはずがない」

「悠人……」

微笑む悠人に、リンが瞳を潤ませる。

大きな瞳から涙が零れ落ちかけた、――その時だった。

「――悠人！　悠人はいるか！」

ドタドタと荒々しい足音と共に、浮島が現れる。その後ろには風呂敷に包まれた荷物を持った禿が控えていた。

「ああ、ここにいたか！　おい、イナリ寿司はできているか⁉」

「あ……、は、はい。今日の分はここに……」

お重に詰め終えたばかりのそれを示すと、浮島はよし、と頷いて命じる。

「東雲の遣いが来ているから、さっさと渡せ。それがすんだら、残りはすべて禿に預けろ！　得意先に届けさせるから、今日は座敷の分はなしだ」

「え……」

驚く悠人の脇で、リンが小さく呻く。

「オレの栗おこわオイナリサン……」

リンの悔しげな視線には気づかない様子で、浮島が禿に命じる。

「よいな。先ほど申した通り、それとイナリ寿司を『あかり』に届けるのだ。悠人、これを一番下の重箱に入れろ」

禿から風呂敷包みを取り上げた浮島が、悠人にそれを渡してくる。風呂敷を解くと、現れたのは綺麗な和紙細工の平たい箱だった。

「これは……？」

「お前は知らずともよい。このまま重箱に入れろ。中は決して見るなよ」

そう言った浮島が、慌ただしく去っていく。

呆気に取られて立ち尽くす悠人の隣で、リンがぼやいた。

「あーあ、悠人のイナリ寿司がないとか、一気にやる気なくなっちゃったなあ」

「リン……、まあそう言わないで。さてと、じゃあ用意するからちょっと……」

待っていてと禿に言おうとした悠人だったが、その時、禿の顔が妙に赤くなっていることに気づく。

「……あれ、もしかして君、熱がある？」

「え？　あ、ほんとだ。顔赤いな。どれ」

しゃがんだリンが、禿の額に手を当てる。

「うわ、熱いな。喉は？　痛いか？」

口開けてみ、と言ったリンに、禿が素直に小さな口をぱかりと開ける。

「うわ、腫れてら。こりゃ風邪だな。こんなに熱出てたらつらいだろ。とりあえずこっちおいで」

厨に面した座敷に座布団を並べたリンが、そこに禿を寝かせる。声を出すのもつらそうに横たわった禿を見て、悠人は言った。

「これじゃ、お遣いは無理だね。僕が代わりに行ってくるよ」

「悠人が？　でも……」

もうすぐ見世の営業時間だし、それに悠人が町に出るとまた『東雲が入れ込んでいる耳ナシの色子』として目立ってしまい、騒ぎになるのではないかと心配しているのだろう。顔を曇らせたリンに、悠人は笑って言った。

「大丈夫、僕には付け耳と付け尻尾があるから。『あかり』の場所も分かるし」

浮島が言っていた『あかり』は花街の中にある遊郭だ。ここから少し遠い場所にあるから、まっすぐ行って帰ってきても、その頃には暗くなってしまっているだろう。体調の悪い禿を行かせるなんてできない。

それに、浮島は先ほど東雲の遣いが来ていると言っていた。つまり、今日も東雲は来られないということだ。

東雲が来られないのなら見世が始まっても悠人は暇だし、届けるだけなら自分が行っても問題はないだろう。

「そうか。じゃあ頼むよ、悠人。オレ、とりあえず医者呼んでくる」

お前は寝てろよと禿に言い置いて、リンが見世の方へ走っていく。とりあえず手拭いを濡らしてきて禿の額にあてがおうと思い、悠人は浮島から渡された小箱を持って厨へと戻ろうとした。――だが。

「う、わ……っ！」

土間になっている厨に下りようとした拍子にバランスを崩し、転びかけてしまう。たたらを踏んでなんとか踏みとどまった悠人だったが、つるりと手が滑ってしまい、小箱を取り落としてしまった。

パカッと開いた蓋に、悠人は慌ててかがみ込む。

「……っ、壊れ……、え……？」

壊してしまったのではないか、中身は無事かと焦りながら拾い上げて、中から零れ出てきたものに首を傾げる。

「……紙？」

それは、折り畳まれた真っ白な和紙だった。

どうやら中身はすべて同じものらしく、同じ形に折り畳まれたものがぎっしりと詰め込まれている。

（なんだろう、これ。……薬？）

粉薬でも入っているのだろうか。振るとかすかに音がする。――しかし。

（なんで、これを『あかり』に？　薬問屋でもないのに……）

このまま重箱に入れろ、中は決して見るなと、そう言っていた浮島。

一番下の重箱に入れろというあの指示は、上の重箱に入れた稲荷寿司でカムフラージュを図ろうとしているようにも思える。

まるで、こそこそと秘密裏に受け渡しをしようとしているかのような――……。

「……っ」

そこまで思い至って、悠人は怖気にぶるりと身を震わせた。

（……まさか、そんなことあるわけない）

そう思いつつも、小さな紙包みから視線を離すことができない。

一刻、一刻と薄暗くなっていく厨で、悠人は零れ出た紙包みの一つをそっと、袂に隠した――。

ゆらゆらと、ランプの火が揺れている。

膝を抱えた悠人は、もう小一時間前からその揺れる炎をじっと見つめ続けていた。

「…………」

悠人が『あかり』に稲荷寿司を届けた、その翌日のことだった。

この日、いつも通りやって来た白鉄に稲荷寿司を預けた悠人は、大部屋に引きあげていた。見世の営業時間の今、部屋には悠人の他に誰もいない。

昨日、厨で開けてしまった小箱を、悠人は元通りきっちり蓋をして『あかり』に届けた。一体この紙包みの中身がなんなのか、本当に届けてしまっていいのか躊躇いはあったが、浮島の言いつけを聞かなければ自分ばかりか禿まで叱責を受ける。だが、本当に驚いたのはそれからだった。

ご苦労さん、じゃあうちからはこれを、と『あかり』の主人に渡された風呂敷包みは、小振りながらずっしりと重いものだった。まるであの紙包みと引き替えのように渡されたそれがなんなのか、気になった悠人は帰り道の途中で人気のない路地に立ち寄り、こっそり中身を見てみて驚いた。

風呂敷に包まれていたのは、小箱にぎっしり詰められ、帯封をされた小判の山だったのだ——。

「……はあ」

ため息をついて、悠人は袂にそっと手を差し入れた。取り出したのは、昨日衝動的に一つだけ抜き出した、あの小さな紙包みだ。

(あの小判の帯封には、『あかり』の紋が押されてた……。ただの薬が、あんな高額で取引されるはずがない。これはきっと、違法なものだ……)

大変なことを知ってしまったと、今更ながらに緊張が込み上げてくる。

昨日、花籠に帰ってきた悠人は、浮島に『あかり』から預かったものです、と風呂敷包みを手渡した。中は見たかと尋ねられ、なんとか平静を装って見ていませんと答えたが、今日はずっと浮島から見られているような気がして落ち着かなかった。

もし、小箱の中身が小判の山だと知っていることに気づかれたら。もし、この紙包みをくすねたことに気づかれたら。

そう思うと心臓がばくばくと早鐘を打って、不安でたまらなくなる。

(本当なら早くこれを役所に届けて、浮島を取り締まってもらうのがいいんだろうけど……)

躊躇ってしまうのは、おそらく浮島の背後にいるであろう、不知火の存在が気になるからだ。

『この花街は俺のシマだ。ここで起きた一切合切は、俺が仕切る』

あの日、不知火はそう言って、暴れていた男を連れ去った。

(リンは、この花街で起きた不祥事は不知火が握り潰してるって言ってた……)

浮島と繋がりがあり、阿片中毒者が暴れていたことを揉み消した不知火だ。

自分が役所に届け出たところで、不知火に握り潰されてしまうのではないだろうか。それだけならまだいいが、万が一余計なことをしたと恨まれ、命を狙われてしまったら――。

想像しただけで背筋が寒くなって、悠人はぐっと唇を引き結んだ。

(……万が一、じゃない。役所が動いてくれたとしても、多分そうなる)

思えば悠人が最初にこの世界で目を覚ました時、不知火と浮島はあやしげな会話をしていた。

『しかし最近次々に摘発があって、やりにくいことこの上ありませんよ。どうにかなりませんか、不知火様』

『なに言ってやがる。そこをどうにかするのがお前の仕事だろうが』――。

あの時はわけが分からなかったが、あれはこの紙包みのことだったのだろう。

(多分これは、……阿片だ)

手にした紙包みをじっと見つめて、悠人はこくりと喉を鳴らした。

リンの話では、色子仲間たちは紫苑が売人で東雲が元締めだと思っているようだが、あの二人がそんなことをするはずがない。おそらく不知火が元締めで、浮島や『あかり』の主人が秘密裏に客に阿片を売り捌いているというのが真相だろう。

不知火が阿片中毒の客が暴れたのを度々揉み消しているのも、入手経路が明らかになって、自分が元締めだと露見するのを防ぐためだ。

何故浮島があんなに急に紫苑を格下の見世に売り払ったのか、その疑問は残るが、本当にただ単に顔を傷物にされたことに腹を立てたというだけなのかもしれない。

（とりあえず、これを役所に持っていって調べてもらえば、きっと阿片の出所が不知火だってはっきりする……。……でも）

緊張に身を強ばらせて、悠人は膝をぎゅっと強く抱えた。

役所に訴え出るということは、不知火に楯突くということだ。あの男に楯突いて無事でいられるとは、とても思えない。

不知火はきっと、自分を殺そうとする——。

ぶるりと震え上がって、悠人は小さくため息をついた。

（……多分不知火は今までもこうやって、花街を支配してきたんだ）

人々の心に恐怖心を植え付け、直接なにもしなくとも多くの人間を己の意のままに操る。

支配から抜け出すには、恐怖を乗り越えて抗うしかないが、——怖い。

（……せめて役所側に、信頼できる人がいればよかったんだけど）

今まで悠人は役人と関わりはなかったし、見世に来るお客さんの中にも役人らしき人はいない。

役所も不知火のところに薬物中毒者の身柄の引き渡しを求めに行ったり、摘発を行ったりしているようだから、きっと頼れば味方になってくれるだろう。

だが、相手は花街の一切を仕切っていると豪語する男だ。そう簡単に事が運ぶとは思えないし、もし役所に不知火側の内通者がいたら、自分などあっという間に消されてしまうかもしれない。

（嫌だ、死にたくない……。……でも、こんな大変なこと、見過ごすわけにもいかない……）

ここでこの紙包みのことは見なかった振りをして、黙っているのは簡単だ。しかしそんなことをしたら、この花街に阿片が蔓延《まんえん》してしまうかもしれない。

自分が黙っていたせいで誰かが不幸になるなんて、そんなことあっていいはずがない――……。

「……東雲さん」

胸に浮かんだその名前を呟いて、悠人は膝に顔を埋めた。

（会いたい……、会って、相談したい……）

なんでも相談してと言ってくれた東雲の優しさに甘えてはいけない、彼を巻き込んではいけないということは分かっている。それでも、東雲ならこんな時になにかいい案を思いついてくれるのではないかと思わずにはいられない。

きっと彼なら同じようになんとかしなければと思ってくれるはずだし、顔が広いから役所側で信頼の置ける人間を知っているかもしれない。

（会ったらきっと、やっぱり相談できないって思うんだろうけど……、でも、会うだけでもいい。東雲さんに会って、顔を見るだけで、きっと頑張れる）

もう白鉄が来て、稲荷寿司も渡したのだから、今日も彼は来ないのだということは分かっている。

だが、それでも東雲に会いたい。

会って、あの恐ろしい不知火と対決する勇気をもらいたい――……。

「会いたいよ、東雲さん……」

絞り出すような悠人の呟きが広い部屋に響いたその時、廊下から禿が声をかけてくる。お客様がお呼びですと告げるその声に、悠人は目を瞠った。

「え……、東雲さんが？」

聞き返すも、禿は客の顔までは見ていない、楼主様に呼んでくるよう言われたと言う。

（久しぶりに来たから、浮島が東雲さんに挨拶してるのかな……？）

てっきり今日は会えないと思っていたため驚いたが、花代を先払いされている今、悠人の元に他に客が来るはずもない。

悠人は急いで紙包みを袂にしまうと、禿の待つ廊下に出た。

禿に先導されて歩きながら、突然のことに早鐘を打つ心臓をなだめる。

先ほど白鉄が来た時はなにも言っていなかったけれど、急に都合がついたのだろうか。今日はいつまでいられるのだろう。

阿片のことも相談したいけれど、東雲に自分の気持ちもちゃんと伝えたい――。

「悠人です、お待たせしました」

案内されたのは離れにある、いつもの見世で一番上等な座敷だった。廊下で挨拶をした悠人は、顔をほころばせて襖を開ける。

――しかし。

「……遅かったな。待ちくたびれたぞ」

「……っ、な、なんで……」

声の主を見やって、悠人は驚きに目を見開いた。

座敷の奥にいたのはゆったりと狐の尻尾を揺らす東雲ではなく、真っ黒な耳と長い尾を持つ黒虎の獣人、――不知火だったのだ。

と、そこで愕然としている悠人の方に、不知火と共にいた浮島が歩み寄ってくる。

「おい、なにをやっている。早く入らぬか」

「っ！　痛……っ！」

苛立ったように言った浮島が、悠人の腕を乱暴に掴み、座敷に押し込む。身を起こした悠人は、ぴしゃりと閉められた襖に目の前が真っ暗になった。

（なんで……、なんで、この人が僕を……？）

座敷の中には不知火とその手下と思しき若い男が一人、そして浮島がいる。

浮島もいるからには、不知火が自分を呼んだということで間違いないだろう。だが、不知火がわざわざ自分を座敷に呼んだ意味が分からない。

（もしかして、昨日のことがバレて……）

こんなことだったら部屋に置いてくるんだったと後悔しつつ、悠人は紙包みを入れた左の袂を見やった。東雲が来ているのだとばかり思っていたから、相談しようと思って持ってきてしまった――。

と、そこで、茫然とする悠人をよそに、不知火が傍らにいた手下らしき男に命じる。

「お前は先に帰ってろ」

へい、と頷いた男の手には、昨日悠人が『あかり』から運んだ小箱があった。

（……っ、あれ、まさか昨日の小判……？）

目を瞠った悠人の脇をすり抜けて、男が部屋を出ていく。その背を見送って、不知火が悠人をじろりと見やった。

「……ふん。あの東雲が買い上げているからには少しは色気がついたのかと思ったが、まるでガキくさいままだな」

顔を真っ青にして震えている悠人を眺めて、不知火が面白くなさそうに言う。追従の笑みを浮かべた浮島が、不知火に告げた。

「それがどういうわけか、東雲はこの子供に本気で入れあげているようでして。なかなか手を出さないでいたらしいんです。……おい悠人、不知火様にお酌しないか」

命じられて、悠人は咄嗟にこの場を逃がれようと反論した。

「で……、でも僕はまだ、東雲様に花代をいただいていて……」

東雲が先払いしている期間はまだあと数日ある。他の客の相手はできないと言おうとした悠人だったが、浮島が哄笑《こうしょう》を弾けさせる。

「は！　なにを言い出すかと思えば！　もう十日もあの男は来ていないではないか！　お前は見捨てられたのだと、何故分からない？」

「っ、そんなこと……」

東雲はそんな人ではない。ちゃんと毎日手紙をくれているし、自分のことを気遣ってくれている。

そう思った悠人だったが、浮島の嘲笑は続く。

「自惚れるのもいい加減にしろ。所詮お前はその程度の価値しかないということだ。物珍しい耳ナシという価値しかな。あの男もようやくそれに気づいたに違いない。とんだ無駄金を使ったと、今頃は臍《ほぞ》を噛んでいるだろうな」

「……っ」

反論しようとした悠人は、ぐっと言葉を呑み込んで堪えた。東雲を貶められていたらとても黙ってなどいられなかっただろうが、自分のことをあれこれ言われるだけなら我慢ができる。

（……この人になにを反論したって、聞く耳を持っていないんだから無駄だ。東雲さんのことならともかく、僕のことなら好きに言えばいい）

浮島がなにを言おうが、自分はちゃんと東雲のことを信じていればいい。こんな低俗な男の言葉より、東雲の方が信じられることは明白だ。

そう思って唇を引き結んだ悠人を見て、不知火が少し意外そうに目を瞬かせる。

「……ほう、そんな顔もできるんじゃねぇか。色気はねえが、悪くない面だな」

「…………」

「その顔を見ながらなら、酒も進みそうだ。いくらガキでも、酌くらいはできるだろう？　それともお前は客に手酌で呑ませるのか？」

からかうような口振りながら、その野太く低い声には、逃げることを決して許さない凄みが滲んでいる。まるで獲物を前にした肉食獣のような鋭い眼光に射すくめられて、悠人は本能的な恐怖に震え上がった。

（……っ、怖い……、近づきたくない……！）

しかし、今逃げ出したらきっと、すぐに飛びかかられ、捕らえられて、喉笛に噛みつかれる。

それほどの威圧を感じさせる不知火の迫力に押されて、悠人は震える足でどうにか立ち上がり、そのそばに歩み寄った。

「座れ。酌をしろ」

傲岸《ごうがん》に命じた不知火が、杯を差し出してくる。悠人は用意されていた銚子を持ち上げ、慎重に酒を注いだ。すぐにくいっと飲み干した不知火が、すかさずもう一杯求めてくる。

震える手で悠人がもう一度銚子を傾けようとした、その刹那だった。

「……それにしても、随分舐めた真似をしてくれたもんだな、ええ?」

低く笑った不知火が、悠人の左の袂に手を突っ込み、素早く抜き取る。その指先には、小さな白い紙包みが挟まれていて――。

「……っ!」

息を呑んだ悠人の手から、銚子が弾き飛ばされる。ガシャンッと派手な音を立てて畳に転がった銚子から酒が零れ、辺りにぷんとアルコールの匂いが広がった。

杯を放った不知火が、咄嗟に立ち上がろうとした悠人の手首を素早く摑んで酷薄な笑みを浮かべる。

「お前、暁の手の者だな?」

「え……?」

唐突に聞かれたその言葉に、悠人はぽかんとしてしまった。

(暁って……)

確かそれは、この櫨の国を治めている九尾の狐の名前だ。手の者とは、その手下という意味だろうか。


(もしかして……)

阿片をくすねたことで、彼らを探っている間者と勘違いされたのだろうか。

「ち、ちが……」

慌てて否定しようとした悠人だが、不知火は指に挟んだ紙包みを浮島に放り投げてニヤリと笑う。

「無駄だ。隠し場所に視線をやるなんざ、間者にしちゃ随分抜けてるが……。まあ、大方つい最近、『誰ぞ』に丸め込まれて俺たちの周辺を探り始めた、といったところか」

「……っ、『誰ぞ』って……?」

一体なにを言っているのだろうか。まるでそれが誰なのか分かっているような口振りの不知火に戸惑う悠人を後目に、不知火から受け取った紙包みを懐に収めた浮島がニタニタと嫌な笑みを浮かべる。

「先日の一件で、不知火様が暁の正体に気づかれてな。おそらく花籠に間者を潜り込ませているだろうと、ずっと調べていたのだ。紫苑が間者かと思って遠ざけたが、まさかお前だったとはな。まあ、あの者はこの花籠には不要の色子に成り下がったことだし、それはそれでよい判断だったろうが」

浮島が急に紫苑を格下の見世に売り払った理由は、どうやら彼を間者と疑ったかららしい。

こくりと緊張に喉を鳴らして、悠人は震える声で聞いた。

「ぼ……、僕も、売り払うつもり、ですか……?」

自分は間者などではないと主張したところで、二人は信じないだろう。一体どうするつもりなのか、まさかこのまま殺されるのかと空恐ろしくなった悠人だが、それに答えたのは不知火だった。

「それもいいが、もっといい案がある。お前にとっても悪くない話だ」

「あ……!」

ぐっと悠人の手首を引き寄せた不知火が、バランスを崩して倒れ込んだ悠人をすかさず抱き込む。太い腕に強く腰を抱かれて、悠人は恐怖で真っ青になった。

なんとか悲鳴を呑み込んでいる悠人を見下ろし、不知火が低く囁きかけてくる。

「……こちら側に寝返れ」

「寝返れって……」

思わぬ言葉に目を瞠る悠人を、浮島が嘲笑う。

「知れたことを。お前は暁に気に入られている。ならば寝首を掻きやすいだろう」

「……っ、待って下さい！　僕は暁なんて人、知らない……！」

どうして二人がそんな勘違いをしているのか分からないが、人を殺すなんて恐ろしいことできるわけがないし、そもそも暁なんて自分は知りもしない。

焦って訴えた悠人に、浮島がチッと舌打ちする。

「知らないなどと、なにを今更白々しい嘘を。ああそうか、金をつり上げようという魂胆なのだな。いくら欲しいのだ」

「ち……、ちが……」

そういうことではない、本当に暁など知らないのだとそう言いたいのに、恐怖で舌が強ばってうまく言葉が出てこない。

震えながらひたすら頭を振る悠人に、不知火がニタリと嫌な笑みを浮かべる。

「金じゃねえなら、一人前に操立てか。それならそれで寝取ってやるまでだがな」

「み、操立て？　寝取って、って……」

意味不明な言葉に、悠人は当惑してしまう。不知火の口振りは、まるで自分が暁の恋人だと思っているかのようだが、悠人にそんな相手はいない。

「っ、あの、僕本当に知らな……、……っ！」

勇気を振り絞り、とにかく暁とは関わりがないことを信じてもらわなければと声を上げた悠人だったが、そこで不知火が悠人の手首を摑んだまま立ち上がる。

「こっちに来い。暁にどれだけ可愛がられたか知らねぇが、すぐにそんなもん忘れさせてやる」

「あ……！」

ぐいっと凄まじい膂力《りょりょく》で無理矢理立たされた悠人は、そのまま隣室の方へと引きずられて硬直した。

座敷の隣は、色子が春を売るための寝室だ――。

（……っ、まさか本当に僕を寝取るつもりで……）

自分を女のように抱こうというのか。

不知火の意図を悟って、悠人は戦慄した。

「い……、嫌だ、放せ……！　放せって……っ！」

抵抗する悠人の腕を摑んだまま、不知火が襖を開ける。敷いてあった緋布団に投げやられ、ドッと倒れ込んだ悠人は、慌てて身を起こそうとした。しかし、それより早く不知火が覆い被さってくる。

「……っ、ひ……っ！」

「そう怯えずとも、お前にもたっぷりイイ思いをさせてやる。元からお前の顔は気に入ってたんだ」

くく、と低く笑った不知火が、太い指で悠人の顎を摑み、無理矢理自分の方に向けさせる。

ぎらぎらと欲に滾る金色の瞳に見つめられて、悠人は思わずぎゅっと目を瞑った。

（嫌だ……、嫌だ、逃げないと……！）

そう思うのに、恐怖で息もまともにできず、体も硬直してしまう。カタカタと震えるばかりの悠人に、不知火が低い声で囁く。

「そうだ。そうして大人しくしてりゃ、痛い思いなんざせずにすむ。お前は俺のもんになるしかねぇんだ。どうしようもねえんだから、もうなにもかも諦めちまいな」

「……っ」

（どうしようも、ない……？）

自分自身、何度も繰り返してきたその言葉を、悠人は反芻《はんすう》した。

確かに自分はこれまで、いくつものことをそう思って諦めてきた。

どうしようもないことをどうにかしようと足掻いたって、仕方がない。

だったら自由なんて最初からないものと諦めて、全部呑み込んで我慢するほかない。

ずっと、そうして生きてきた。

それが当たり前だと、そう思っていた。

――でも。

『この世界の、この国のいいところをもっと、君に知ってほしい。君がここに来てよかったと、少しでも思えるように』

想いを告げられた帰り道、東雲に言われた言葉が甦る。

『どうしようもないからと諦めるのではなく、ここにいたいと、心から思ってほしい。私はこの国が好きだから、君にいつかそう思ってもらえたら嬉しい』

――。

（……どうしようもないことをどうにかしようと足掻いたって、仕方がない。それは、事実だ）

起きてしまったことはどうしたって覆らないし、失ったものはどうやったって取り戻せない。

けれど、だからといってなにもかも諦めるのはもう、――嫌だ。

自分の選んだ場所で、自分の選んだ人と共に、自由に生きていきたい。

（諦めたくない……。僕は、この人のものになんか、なりたくない……！）

ぐっと両の拳を握りしめて、悠人は勇気を振り絞って目を開けた。間近に迫った不知火を睨み返す。

気づいた不知火が、驚いたように目を見開いた。

「お前……」

と、そこでそれまで事の次第を見守っていた浮島が、下卑た笑みを浮かべて告げる。

「それでは、私は下がらせていただきます。後はごゆっくりお楽しみを……」

そう言った浮島が寝室を閉めようと襖に手をかけた次の瞬間、悠人は力を振り絞って不知火を押し返し、その下から転がり出た。

素早く身を起こして立ち上がり、驚いた顔の浮島を突き飛ばして廊下へ駆ける。

「な……っ！」

「おい、待て！」

野太い怒鳴り声に怯みそうになりながらも、必死に襖に手を伸ばした悠人だったが、逃走劇はそこまでだった。

「あ……っ！」

後ろから追ってきた不知火が、悠人の帯をむんずとわし掴みにする。そのまま凄まじい力で引き倒された、悠人は畳に強かに体を打ちつけた。

「う……！」

「は……、楽しませてくれるじゃねえか、ええ？」

ニタリと笑みを浮かべた不知火が、悠人の帯を乱暴に解き出す。凄まじい力で押さえつけられ、帯をむしり取られて、悠人は死にものぐるいで暴れた。

「嫌だ、やめろ……っ！　僕はお前のものになんかならない……！　暁なんて、知らない！」

「この……っ、まだ言うか……！」

悠人に突き飛ばされて尻餅をついていた浮島が、激昂してキーキーわめく。

「知らぬわけがなかろう！　暁はお前の……」

濁った小さな目を憤怒に滾らせた浮島がそう言いかけた、――その時だった。

ドドドッと廊下の方で複数の荒い足音がした次の瞬間、目の前で座敷の襖が勢いよく開かれる。

「悠人！」

現れるなり叫んだ男に、悠人は大きく目を瞠った。

日だまりのような、あたたかみのある黄色の耳。

先の白い、丸みのある大きな尻尾。

その肩には世にも珍しい、真っ白な烏がとまっていて――。

「し……、東雲さ……、……っ！」

しかし皆まで言い終わる前に、素早く身を起こした不知火が悠人の腕をぐいっと摑んで自分の胸元に引き寄せる。太い腕で背後から悠人をがっちりと拘束して、不知火は東雲を不敵に睨んだ。

「あんたにしちゃ随分無粋な登場だな、色男さんよ。間男に悋気を起こすくらいなら、最初から放ったらかしにするんじゃねぇよ」

不知火がそうからかうように言う間にも、東雲の背後に次々と男たちが駆けつけてくる。官憲の制服姿の男たちの先頭には、平助の姿もあった。

「っ、東雲様」

「……下がっていろ。悠人、無事かい？」

声をかけてきた平助を制した東雲が、不知火の言葉を無視して悠人に声をかけてくる。久しぶりに会う彼は、以前と変わらない、優しい瞳をしていた。

「は……、はい」

「そのまましばらく大人しくしておいで。……必ず助けるからね」

いいね、と穏やかに言う東雲にかすかに頷いた悠人だったが、その途端、不知火がグッと腕の力を強くする。

「おいおい、俺を無視とは随分じゃねえか」

「……っ、う……！」

「悠人！　っ、悠人を放せ！」

息苦しさにもがいた悠人を見て、東雲がサッと顔色を変える。悠人の耳元で、不知火が楽しげに笑い声を上げた。

「はは、あんたでもそんな顔をするんだな。……なあ、暁」

「……え……」

そのひと言に、悠人は目を丸くして息を吞んだ。

（今……、今、暁って……）

不知火にそう呼ばれた東雲は、驚くでも否定するでもなく、ただじっと不知火を睨み返している。

「東雲、さん……？」

震える声で問いかけた悠人に、東雲は大きく息をつき――。

「……黙っていてすまない、悠人」

謝り、瞬きをしたその瞳の奥で、星屑のような光が煌めき出す。と同時に、彼の肩にとまっていた黒鉄の翼が真っ黒に染まり出した。

「な……」

驚く悠人の目の前で、黒鉄の小さな体から白銀の光がキラキラと零れ落ちていく。まるで星屑のように舞い落ちたその光は、瞬く間に東雲へと吸い込まれていった。

あたたかな日だまり色の被毛が、ゆるやかな癖のある亜麻色の髪が、美しくも気高い白銀に染まり出す。

ゆっくりと閉じ、再び開かれた瞳は、まるで夜明けを告げる明星のような金色に輝いていた。

「私の本当の名は、暁」

名乗った東雲が、白銀に色を変えた尾をふわりとひと振りする。すると、まるで閉じていた花弁が一斉に開くように、その尾は一気に九つに増えた。

「……っ」

「……この櫨国を治める九尾の狐とは、私のことだ」

真実を告げた東雲の肩の上で、真っ黒な姿になった黒鉄がカア、と翼を広げる。

瞬く間に様変わりした二人に、悠人は愕然としてしまった。

（東雲さんが、九尾の狐……。暁って……）

そんなことがあるのかと、言葉を失ってしまった悠人だったが、背後の不知火はフンと鼻を鳴らして言う。

「で？　その暁様がこの花街になんの用だ？　まさか本気でこんなガキに入れ込んで、間男の俺をお縄にかけるってんじゃあるまい？」

色恋沙汰に役人が口出しするなんてなあ、と嘯《うそぶ》く不知火を、東雲がスッと冷たく睨み据える。

「……白々しいことを申すな。不知火、お前には阿片密売の容疑がかかっておる。浮島、お前にもだ」

ガラリと口調を変えた東雲の背後で、官憲たちが銃剣を手にじりじりとこちらの様子を窺っている。おそらく彼らはこの見世の周りも取り囲んでいるのだろう。

しかし不知火はふてぶてしく笑って聞く。

「阿片？　覚えがねえな。なんの証拠があってそんなことを？」

「そ……、そうですよ、暁様」

身を低くして追従の笑みを浮かべた浮島が、東雲に申し出る。

「私共は確かに水商売ですが、阿片なぞに手を出したりしておりません。そのような恐ろしいもの、見たことも触れたことも……」

「黙れ！　この二枚舌めが……！」

カッと目を見開いた東雲が、浮島を怒鳴りつける。鋭い叱責に、浮島が真っ青になって口を噤んだ。

「お前が花籠の客に阿片を売り捌いていた上、他の見世にも阿片を横流ししていたことは、とうに調べがついている……！　……紫苑！」

東雲の呼びかけに、彼の背後に控えていた官憲たちが道を開ける。現れた紫苑は、同じく官憲の制服を身に着けていた。

「紫苑さん……！」

「……久しぶりだな」

驚く悠人にニヤッと小さく笑って、紫苑が浮島に向き直る。

「……あんたの睨み通り、俺が暁の密偵だ。俺は最初から、あんたが阿片密売に関わっている証拠を摑むため、暁の命でこの花籠を内偵してた」

長い尾をゆったりと揺らしながらそう告げた紫苑が、懐からなにかを取り出す。

その指先に挟まれていたのは、小さな白い紙包みで――。

「あ……！　それ……！」

声を上げた悠人に頷いて、紫苑は紙包みを掲げてみせた。唇を嚙む浮島をじっと見つめて言う。

「……あんたがいくつかの見世に阿片を横流ししていることは、すぐに見当がついた。だから俺は売り

飛ばされた後、すぐに身請けの形を取って見世を抜けて、『あかり』に下男として潜入したんだ。で、今さっきこれを押収した」

「『あかり』の主人はお前との取引を認めた。もう言い逃れはできないぞ、浮島」

紫苑の言葉の続きを引き取った東雲が、浮島を厳しく睨み据える。だが浮島は、たじろぎながらも往生際悪く言い募った。

「そ……、そのような戯言、『あかり』の主人の言い逃れだろう！　私はなんの関係も……っ」

「ならば、この小判のことはどう説明をつける」

九つの尾をひと振りした東雲が平助に視線を送る。頷いた平助が後ろに控えていた官憲から受け取ったものを見て、悠人はあっと息を呑んだ。

それは、昨日悠人が『あかり』から花籠に運び、先ほど不知火の手下が持ち去った小箱だったのだ。

小箱から小判を取り出した平助が、浮島にそれを突きつける。

「この通り、この帯封の紋は『あかり』のものだ。何故、なんの関係もないはずのお前の見世から出てきた男が、これを持っている？」

「……っ、それは……」

狼狽えた浮島が、ちらりと不知火に視線をやる。しかし不知火は黙ったまま、東雲だけをじっと睨み据えていた。

「……やってくれるじゃねえか、暁」

笑みを含んだ低い声で言う不知火に、東雲が静かに命じる。

「捕らえた男がお前の手の者だということも、すでに調べがついている。……観念して悠人を放せ、不知火」

「そう言われて、素直に解放すると思ったか？　おっと、誰も動くなよ。こんな細っこい首、ちょっと手元が狂っただけで簡単にへし折れちまうだろうからな」

ニヤリと笑った不知火が、悠人を羽交い締めにしたままじりじりと後ずさる。その背後には障子が閉め切られた窓があり、外からはサラサラと川のせせらぎが聞こえていた。

おそらくこのまま二階から川に飛び降りて逃げるつもりだろう。

（このままじゃ、不知火を逃がしてしまう……！）

自分さえ人質に取られていなければ、東雲は不知火を取り押さえることができるはずだ。

息苦しさに顔を歪めながらも、悠人はどうにか逃げ出す隙がないかと窺った。しかし不知火の力は強く、丸太のように太いその腕からはとても抜け出せそうにない。

「は、なせ……！」

もがく悠人をものともせず抱えたまま、不知火がぴたりと障子に張りつく。

「……逃げられると思うのか」

座敷の入り口に立った東雲が、不知火に問う。

「お前には他にもいくつもの嫌疑がかかっている。我々が簡単にお前を逃がすと思うか」

「ま、さすがに簡単に行くとは思ってねえよ。あんた自らお出ましとあっちゃなあ」

肩をすくめた不知火が、パンッと障子を開ける。月明かりの下、川縁に灯るガス灯をチラッと見やり、不知火は不敵な笑みを浮かべた。

「……けど、言ったろ？　この花街は俺のシマだ。一切合切、俺が仕切るってなあ！」

高らかに笑った不知火が、悠人を突き飛ばそうと腕の力をゆるめたその瞬間、悠人は素早く身を翻し、不知火の着物を力の限り掴んだ。

「う、ぐ……っ！」

ドッと腹部に走った重い衝撃に歯を食いしばって耐え、自分の全体重をかけて不知火の逃走を阻む。

悠人の背を蹴ったつもりだったのだろう、身を翻そうとした不知火が一瞬驚いた表情を浮かべた後、憤怒の叫びを轟《とどろ》かせた。

「このガキ……！」

「悠人！」

振り上げられた拳に目を瞑って身を縮めた悠人だったが、不知火の拳が振り下ろされる寸前、叫んだ東雲が二人の間に割って入る。

パンッと凄まじい音を立てて不知火の拳を受けとめた東雲に、悠人は目を瞠った。

「東雲さん……！」

「下がれ！」

短く命じた東雲が、悠人を自分の背に庇いつつ、不知火と組み合う。バッバッと目にもとまらぬ速さで交わされる素手での攻防に、その場の誰もが息を呑んで動けずにいた。

「っ、く……！」

勢いよく振り落とされる手刀をパンッと手の甲で弾いた東雲が、そのまま不知火の懐に踏み入って衿を掴もうと試みる。しかしそれより早く、不知火がガッと東雲に強く頭突きし、同時に足払いをかけた。よろけかけ、すんでのところで踏みとどまった東雲が、不知火の鳩尾を膝で蹴り上げる。

「ぐあ……っ！」

ドッと倒れ込んだ不知火に、平助が鋭い叫びを上げる。

「かかれ！」

勢いよくワッとなだれ込んできた官憲たちが、一斉に不知火に飛びかかろうとした、次の瞬間。

『とまれ……！』

突然、地を這うような低い声と共に、ドンッと空気が勢いよく揺れる。息を呑んだ悠人は、一体なにがと辺りを見回して驚いた。

「な……！」

周囲の人たちが皆、その動きをとめていたのだ。まるで絵画のように、伸ばした指先も、踏み出しかけた足も、ぴくりとも動かなくなっていて——。

「し……、東雲さん……？」

険しい表情のまま、瞬き一つしないでいる東雲に、悠人がおそるおそる声をかけたその時、近くでゴキッと音がした。

「あー、ったく。容赦なく蹴りやがって」

「え……」

声のする方を見やって、悠人は驚いた。誰もが動きをとめたその部屋の中、不知火がのそりと立ち上がり、首の後ろに手をやってゴキゴキと音を鳴らしていたのだ。

ぎろ、と鋭い目で悠人を見やった不知火が、怪訝そうな顔をする。

「あ？　なんでお前、俺の術喰らって動けてんだ？」

「じゅ……、術……？」

まさか今のこの状況は、不知火の仕業なのか。愕然とする悠人をよそに、不知火が一人で納得する。

「ああ、そういえばお前、ここととは違う世界から来たんだったな。耳ナシには俺の妖術は通じねぇのか」

「……っ、妖術って……、確か、九尾の狐しか使えないはずじゃ……」

以前、色子仲間は確かそう言っていた。声を震わせた悠人に、不知火がニタリと笑って言う。

「ま、九尾の狐様と違って、俺には数分間、時間をとめる術しか使えないがな。こんな便利な力、隠しておいた方が都合がいいだろ」

その言葉に、悠人はリンが言っていたことを思い出す。

花街の官憲も不知火を追っているが、神出鬼没でこれまで一度も捕まえられたことがない、と。それはきっと、この能力を使って逃げていたからなのだろう――。

ゆらり、と視界に影が落ちて、悠人はぎくりと身を強ばらせた。見上げた先、不知火がスウッと黄金の目を細めて呟く。

「俺がこの力を持ってることは、誰も知らねえ。今までも、……そしてこれからもな」

「……っ、ぐ……！」

ぬっと伸びてきた手が、悠人の首をわし掴みにする。

凄まじい力で首を絞められ、悠人の意識が一瞬暗転しかけた、――その時だった。

――ウ、ウ、ウ……！

突如、明るかった月が暗雲にサアッと隠れ、真っ暗な中で雷鳴が轟き始める。同時に低い、獣のような唸り声が、東雲の唇から聞こえてきた。

「っ、の……、のめ、さ……！」

かすれた声でその名を呼んだ悠人に応えるかのよ

うに、東雲がカッと目を見開く。

と、次の刹那、ピカッと鋭い閃光が空を走り、部屋の中を明るく照らした。

「な……！」

「悠人を放せ……！」

ぶわりと、その九つの尾を大きく膨らませて唸った東雲が、驚き硬直する不知火目がけて跳躍する。

不知火の手から力が抜けて悠人が倒れ込むのと、黒虎を真っ白な閃光が貫くのは、ほぼ同時だった。

「悠人……！」

ふわりと悠人の体を抱きとめた東雲の目の前で、雷に打たれた不知火が叫び声を上げる。

「ぎゃあああ……！」

ドッとその巨軀が畳に沈んだ次の刹那、平助たちの呪縛が解ける。

「……っ、な……、っ、取り押さえろ！」

一瞬混乱の表情を浮かべつつも、平助がすぐに官憲たちに命じ、不知火を捕縛する。

それを横目で見つつ、悠人は激しく咳き込んだ。

「悠人！ ……っ」

悠人の肩を抱いた東雲が、もう片方の手で悠人の喉元に手を当て、目を閉じて小さくなにか呪文のようなものを唱える。その途端、触れられている喉元がふわりと優しい温もりに包まれて、痛みや苦しみがすうっと溶けるように消えてなくなった。

「あ……、ありがとうございます、東雲さん」

もう大丈夫です、と驚きつつもお礼を言うと、東雲が少し耳を下げて安堵の笑みを浮かべる。

「……よかった。間に合って……」

「あ、……っ」

長い腕にふわりと抱き寄せられ、悠人は小さく息を吞んだ。優しく、しかし確かめるように強く抱きしめられ、その広い胸がドッドッと早い鼓動を刻んでいることに気づく。

九つの尾が左右から悠人の背を包み込んできて、ふわふわの被毛が後ろから耳元を、首筋を優しくくすぐって。

（東雲さん……）

もうなにも心配することはないのだと教えてくれるようなその抱擁に、悠人はほっと息をつき、東雲の胸元にぎゅっとしがみついた。

垂れ込めていた暗雲がゆっくりと引いていき、雲間から月が顔を出す。

やわらかな月明かりが、抱きしめ合う二人をいつまでも優しく包み込んでいた――。


壁一面の本棚に、絡繰り付きの壁掛け時計。机の上には振り子のような形をした綺麗な置物と羽根ペン、ノート。

（……畳じゃない床って、なんだか久しぶりだ）

ふかふかの敷物が敷かれた板張りの床をそっと踏みしめて、悠人は部屋の中央にあるソファにちょこんと腰掛けた。用意された日本茶に、飲み物は洋風じゃないんだなとちょっと笑いつつ口をつける。

悠人がいるのは、東雲の私室だった。

『ここで少しだけ待っていて。すぐに戻るから、自由にくつろいでいてほしい』

数分前、平助に急かされながらもそう言って部屋を出ていった東雲は、ドアが閉まる直前まで名残惜しそうに悠人を見つめていた。さっきの今で東雲と離れるのは少し不安もあったが、事件の後処理の指図など、東雲がしなければならないことはたくさんあるはずだ。

（……ここに連れてきてくれるのだって平助さんと相当揉めてたし、大人しくしていないと）

それにこの部屋は東雲の匂いがして、それだけでも気持ちが落ち着く。あたたかいお茶を啜り、悠人はほっとひと息ついた。

――騒動の後、気絶した不知火と放心した浮島を捕縛した東雲は、悠人を自分の城に連れて帰ると言い出した。

『悠人の体調も心配だし、それにまだ事の次第をきちんと説明していない。私の口から直接伝えたいこともあるから、彼を城に連れて帰る』

東雲がそう言い出したのはおそらく、悠人の体の震えがなかなか治まらず、心配になってしまったからだろう。

しかし、彼のお目付役の平助は当然猛反対した。

『この見世の色子の処遇はまだ決まっていないんです。正式に自由の身になるまで花街から出すことも、城に入れるわけにもいきません』

『ならば私がここに泊まろう。……ようやく片が付いたんだ。もう口出しはさせない。誰がなんと言おうと、私は悠人のそばにいる』

悠人を心配して寄ってくるリンや鈴蘭たちはともかく、他の男が悠人に近づこうものならすかさずさりげなく腕の中に抱き寄せ、鋭い視線で威嚇する東雲に、最後は平助が折れた。そして悠人はこの世界に来て初めて、花街を出ることになったのだ。

悠人としても東雲ときちんと話をしたいという思いはあったが、まさか急に城へ連れてこられるとは思ってもみなかった。おまけに見世からここまでは馬での移動で、しかも東雲の前に乗せられたため、沿道の人たちの不思議そうな視線が気になって仕方なかった。

(まあ、花街を出たら誰もいなかったんだけど)

花街のすぐ近くにある城下町は、深夜ということもあって警邏《けいら》の官憲以外、誰も出歩いていなかった。寒くないかい、と東雲には心配そうに何度も聞かれたけれど、すっぽりと包み込まれた広い胸はとてもあたたかく幸せで、いつの間にか体の震えも治まっていた。

(東雲さんが強引に連れてきてくれてよかった……。でなきゃきっと、今頃まだ怖いままだった)

花籠のみんなのことも心配だけれど、鈴蘭が色子たちを集めて落ち着かせていたようだったし、それに紫苑も説明のために残ると言っていた。しばらくは警備のために官憲もいてくれるようだし、きっと大丈夫だろう。

お茶を飲み終えた悠人は、器をテーブルに戻し、改めて部屋を見渡した。

自由に見て回っていいとは言われたけれど、やはり遠慮が勝って眺めることくらいしかできない。けれど、この世界に来てから初めて見る櫨国以外の国の品に、興味は尽きなかった。

（そういえば前に、新しいお殿様は外国の事情にも詳しいって聞いたっけ……）

　悠人の異世界の話も興味津々だったし、東雲は自国だけでなく新しい文化も積極的に取り入れているのだろう。

　見たことのない文字で書かれている本の背表紙をじっと見ていた悠人だったが、そこで部屋のドアが開く。

「待たせてすまない、悠人」

　するりと入ってきた東雲は、先ほどと同じく白銀の被毛で、九尾の姿のままだった。その肩には真っ黒な黒鉄も乗っている。

　立ち上がりかけた悠人をそのまま、と手で制した東雲に、悠人は尋ねた。

「もういいんですか？　僕ならここで待っていますから……」

　確かに部屋に一人きりで心許なかったし、早く戻ってきてくれて嬉しいけれど、自分のせいで東雲が平助に叱られたりしたら困る。そう思った悠人だったが、東雲は微笑んで頭を振る。

「大丈夫だよ。最低限の指示はしてきたし、それに君以上の優先事項などないからね」

　黒鉄を部屋の片隅にある止まり木に移し、悠人の隣に座った東雲が、さらりと悠人の前髪を指先で整えてほっと息をつく。

「……少し落ち着いたかな。さっきはまだ顔色が悪かったから心配だったが……、気分は？」

「はい、大丈夫です。ありがとうございます、東雲さ……、あ、えっと」

　言いかけて、そういえば彼の本当の名前は暁だったと思い出す。慌ててぎこちなく言い直そうとした悠人だったが、東雲は鷹揚に笑って言った。

「いいよ、呼びやすい方で。暁も東雲も同じ夜明けという意味だしね」

「あ……、じゃあ、東雲さん、で」

本当はせめて様付けにすべきかもしれないが、ずっと東雲さんと呼んでいたからいきなり呼称だけ変えるのも違和感がある。そう思った悠人に、東雲も頷いた。

「私もそちらで呼んでもらえた方が嬉しい。……私の都合で城まで連れてきてしまってすまないね」

「いえ、僕も東雲さんと一緒にいたいって思ってたから……」

するりと口をついて出た言葉は本心だったが、それだけに少し恥ずかしくて俯いてしまう。すると、ふっと東雲が笑う気配がした。

「君にそう言ってもらえて嬉しいよ。……さて、ではなにから話そうか」

思案気な顔をした東雲に、悠人は自ら質問した。

「あの、それじゃあ……。東雲さん、本来はこの姿なんですよね？　黒鉄も本当は黒いんですか？」

止まり木で気持ちよさそうに目を瞑り、眠り始めた黒鉄を見やって、東雲が頷く。

「ああ、そうだよ。黒鉄には普段、私のこの白銀の色を預かってもらっていてね。だから彼は人間の姿に変化させても、白銀の髪のままなんだ」

「人間の姿って……、もしかして、白鉄くん？」

いつも稲荷寿司を取りに来ていた無口な少年は、まさか黒鉄だったのか。

驚いた悠人に、東雲が頷く。

「ふふ、ご名答。黒鉄がどうしても、悠人の元には自分が通いたいと言うものだからね。お願いしていたんだ」

「……そうだったんだ……」

「毎日イナリ寿司と銀杏、ありがとう。黒鉄と一緒に美味しくいただいていたよ」

微笑んだ東雲にお礼を言われて、悠人は慌てて頭を振った。

「そんな、僕こそいつもお手紙、ありがとうございました。お花とか贈り物も、嬉しかったです」

「喜んでもらえていたならよかった。しばらく会えないから、どうにかして君に忘れられないようにと思ってね」

くすくすと笑った東雲につられて笑みを浮かべながら、悠人は大きく息をついた。

「でも、まさかあの子が黒鉄だったなんてびっくりです。妖術、でしたっけ？　すごいんですね」

不知火は時間をとめる術しか使えないと言っていたが、東雲は他にもいろいろ術が使えるのだろう。

魔法みたいだと感心した悠人だが、東雲は少し複雑そうに苦笑する。

「ありがとう、と言いたいところだが……。私はこの力で君に悲しい思いもさせてしまったからね」

「え……？」

「……森の泉の、水鏡のことだよ。あれも実は、私の力なんだ」

「……っ、あ……！」

悠人の世界を映し出した泉のことだと思い当たって、悠人は目を瞠った。そうだよ、と頷いて、東雲が改めて詫びる。

「あの時は本当にすまなかった。泉に関する言い伝えは真実だが、あくまでも言い伝えにすぎないからね。私の力で君に元の世界を見せてあげられたらと思ったんだが……」

「……いえ、僕はあのことがきっかけで、ちゃんと前を向けるようになったから」

確かに元の世界と時間の流れが違うことはショックだったが、だからこそこの世界で生きていこうと思えるようになったのだ。東雲が気に病むことはないと頭を振った悠人に、東雲が微笑む。

「そう言ってくれると助かる。……長らく顔も見せずにすまなかった。政務が立て込んでいたというのもあったが、私が顔を見せては不知火の油断を誘えないからね。ずっと風早《かざはや》に……、ああ、風早というのは平助のことなのだけれど、奴に花籠に行くのをとめられていたんだ」

東雲の言葉に、そういえば自分を城に連れていくかどうかで揉めていた際、もう口出しはさせないと言っていたことを思い出す。おそらくこの十日間、東雲は平助と相当やり合っていたのだろう。

そうだったんですね、と頷いた悠人に、東雲が少し悪戯っぽい笑みを浮かべて打ち明ける。

「最初の時、平助のことを助平と紹介したのを覚えているかい？　実はあれ、お忍びで視察すると決めて仮の名前を考えていた時に、あいつが『覚えやすい名前ならなんでもいい』と言うものだから、それなら助平の平助だ、と思いついてね。呼ぶ度嫌な顔をするからつい面白くて、人に紹介する時の鉄板にしているんだ」

「東雲さん……、……ちょっと平助さんが可哀相です」

おそらく平助はそうやっていつも主人に振り回されているのだろう。彼の苦労を思って苦笑した悠人だったが、東雲はいかにも心外だという顔を作ってみせる。

「いやいや、私の方こそ、あいつにはいつも無理難題を言われているんだよ。幼少から一緒に育った仲とはいえ、遠慮がないにもほどがあってね」

わざとらしくため息をついてみせる東雲に、悠人はくすくす笑ってしまった。優しく目を細めた東雲が、話を元に戻す。

「……まあともかく、不知火を誘い出すためにも、君のところに行くのを控えていてね。だが、奴が悠人を座敷に呼ぶとは思ってもみなかった。てっきり奴は鈴蘭を呼ぶだろうと思ったから、あらかじめ彼に含み置いてもらっていたんだが……」

「鈴蘭さん？　まさか鈴蘭さんも、東雲さんの密偵だったんですか？」

紫苑と同じように鈴蘭も東雲の部下だったのか。驚いた悠人だったが、東雲はおかしそうに笑ってそれを否定した。

「ああ、違う違う。彼とは昔、何度か会ったことがあってね。……ここだけの話にしてくれるかい？」

「え……、は、はい」

部屋には二人きりだというのに声をひそめた東雲に、悠人はなんだろうと背筋を正して頷く。告げられたのは、とんでもない事実だった。

「実は鈴蘭は昔、巷を騒がせた義賊だったんだ」

「義賊って……、えっと、あれですよね。盗んだお宝を庶民にばらまく……」

曖昧なイメージしかない悠人だったが、東雲はそうそうと頷いて、ちょっと困ったように笑う。

「君の話を聞きたくて花籠に行って彼と再会して驚いたよ。彼が義賊だったのはもう十年以上前だったが、当時私は彼を追う立場でね。しかし彼はもう足を洗っている上、義賊だった頃の仲間に裏切られて花街に売られたらしくてね。今は色子が自分の天職だと思っていると言っていたが、そんな彼を今更罪に問うわけにもいかない。おまけに彼は彼で私が暁だと知っているから、悠人に手を出したら正体を暴露すると脅されてしまった」

「……鈴蘭さんが、東雲さんを？」

悠人の知る鈴蘭は、いつも優しくてたおやかで、とても義賊なんて荒っぽいことをしたり、誰かを脅したりするようには思えない。

首を傾げてしまった悠人に、東雲が苦笑する。

「彼は兎のくせに、猫を被るのが人一倍うまいからねえ」

「はあ……」

「ふふ、まあ鈴蘭という源氏名だけあって、見た目は美しくとも毒がある、というところかな。……怒られるから、内緒だよ」

くすくす笑った東雲が、話を元に戻す。

「それで、鈴蘭なら不知火相手でも時間稼ぎができるだろうと踏んで、協力をお願いしていたんだ。鈴蘭も、元々義賊をやっていたくらい正義感の強い男だから、花街を阿片で汚している浮島と不知火のことは許せないと言ってくれてね」

東雲の話では、紫苑は昨日の時点で『あかり』に阿片が運ばれたのを知っていたらしい。近日中に不知火が金を取りに花籠に現れるだろうと踏み、近くの空き家に官憲を潜ませて不知火が見世に現れるのを待ち構えていたとのことだった。

「それで、不知火が見世に入ったところでまずは『あかり』に踏み込んでね。阿片を押収して主人を捕らえて、ついでに花籠から出てきた男を捕らえたところで、鈴蘭から不知火が悠人を呼んだという連絡が来て、慌てて座敷に踏み込んだんだ」

「……あれ？　でもさっき東雲さん、浮島には『あかり』の主人が取引を白状したって……」

それでは『あかり』の主人の自白を引き出す時間などなかったのではないか。

疑問に思った悠人に、東雲がにっこり笑ってその白銀の尾をふるりと振る。

「うん、はったりだね」

「はったり……」

「まあ、どのみちその後すぐ『あかり』の主人から自白は引き出せたから、必ずしも嘘ではないかな」

「…………」

嘘も方便というし、あの不知火相手に正攻法だけでは勝てなかっただろうから、それくらいのはったりは必要なのかもしれない。しれないが、大概東雲も食わせ者なのではないだろうか。

ちょっと遠い目をした悠人に、東雲が苦笑する。

「余計なことを言ってしまったかな。でも、あの時はとにかく君を助けなければと必死だったんだ。君が不知火に捕らわれているのを見て、怒りで我を忘れそうで……」

言葉の続きを呑み込んだ東雲が、じっと悠人を見つめてくる。

吸い込まれそうなほど綺麗な金色の瞳に黙り込んでしまった悠人に、東雲は独り言のように呟いた。

「……いつもそうだ。私は君のこととなると、つい我を忘れてしまう。君と出会った時も、不知火と密接な繋がりがある花籠に近づいてはいけないと知りつつも、どうしても君ともっと話がしたいと思ってしまった。君のことを知れば知るほどもっと会いたくて、笑う顔が見たくて、誰にとめられても君のところに通ってしまって……」

「……っ、東雲、さん……」

まっすぐな視線に、言葉が出なくなる。

小さく呼んだ悠人に目を細めて、東雲は穏やかに告げた。

「……不知火と浮島はこれから沙汰にかけることになる。だが、彼らには余罪も多く見つかることだろう。おそらく一生、牢の外には出られない……、いや、私が出さない。だから安心してほしい」

「……はい」

静かだがきっぱりとした決意が滲む声に、悠人は頷いた。うん、と頷き返した東雲が続ける。

「花籠の子たちの借金も、帳消しにさせる。紫苑の調べでは、浮島は法外な利子を付けていたようだからね。証拠となる証文は金庫の中だが、まあ、鈴蘭の手にかかれば一晩で開くだろう」

金庫破りは彼の十八番《おはこ》だったからねと苦笑して、東雲がふっと真剣な顔で告げる。

「……だから悠人、君も明日からは自由の身だ。花籠で働いていた者には等しく見舞金と支度金を用意し、希望する者には就職先も世話をする。君も、その例外じゃない」

「あ……」

す、とソファの上にあった悠人の手を取った東雲が、その綺麗な瞳を伏せて身を屈める。形のいい唇が自分の手の甲に落ちてくるのを、悠人は瞬きすることも忘れて見つめていた。

「君はもう、自由だ。どこへ行くのも、どこで生きるのも、君の好きにできる。……だから私は、君にお願いするしかない」

「……お願い、って」

一体なにを、と茫然と呟いた悠人に、東雲がくしゃりと顔を歪める。

「決まっている。……どうかこの先も、君の人生に関わらせてほしい」

持ち上げた悠人の手を自分の額に押し当てて、東雲が美しい白銀の耳を震わせる。

「私はまだ君に、この国のいいところをなにも伝えられていない。君がここに来てよかったと思えるようにすると、そう約束したのに」

「……東雲さん」

「君にずっと正体を隠していた私がこんな虫のいいことを言う資格はないのかもしれない。だが、私は君と共に生きていきたい。……君との繋がりを、失いたくない」

歪んだ声でそう吐露する東雲の顔は、いつもの穏やかな笑みを浮かべてはいなかった。

眉を寄せ、取り繕う余裕すらなく瞳を潤ませて訴えるその姿は必死で、およそ彼らしくなくて。

――でも。

「どうか、……どうかこれからも、私が君の元に通うことを許してほしい。もちろんこの姿ではなく東雲として、君に迷惑がかからないように会いに行く。だから……」

どうか、と絞り出すように東雲が呟く。

必死な、およそ彼らしくない彼の姿は、けれど今までのどんな彼よりも鋭く悠人の胸に突き刺さった。

今までこんなにも強く、こんなにも懸命に自分を求めてくれた人などいない――。

「……東雲、さん」

悠人は緊張に身を強ばらせながら、東雲をひたと見つめた。

「……そんなことしないで下さい、東雲さん」

「……悠人」

顔を上げた東雲の瞳が、一瞬絶望に曇る。悠人はそうじゃなくて、と頭を振って続けた。

「そんな……、そんなことする必要ありません。だって僕も、あなたと一緒に生きていきたいから」

震える手で東雲の手を握り返した悠人に、東雲が目を見開く。悠人はその美しい、明けの明星のような金色の瞳を見つめて告げた。

「……好きです、東雲さん。僕もあなたのことが、好きです」

「ゆ、うと」

普段の饒舌《じょうぜつ》さが嘘のように、東雲がぎこちなく悠人の名を呼ぶ。おそるおそる身を起こした彼は、悠人の頰にそっと指先を伸ばして瞬きを繰り返した。

「……本当に？　本当に君は、私を……」

信じられないとばかりに聞き返してくる東雲を見つめ返して、悠人は静かに頷いた。

「はい。……僕はあなたのおかげで、諦めずに前を向こうって思えるようになったんです」

どうしようもないことをどうにかしようと足掻い

たって、仕方がない。それは、事実だ。

起きてしまったことはどうしたって覆らないし、失ってしまったものはどうやったって取り戻せない。けれど、だからと言ってなにもかも諦めるのはもう、嫌だ。

自分の選んだ場所で、自分の選んだ人と共に、自由に生きていきたい。

自分で選んだ、この人と共に。

「……僕はあなたのことが、東雲さんのことが好きです。あなたと一緒に、生きていきたい。男で、異世界から来た僕じゃ、あなたにはふさわしくないのかもしれないけど、それでも……」

「っ、そんなこと、あるはずがない……！」

大声で遮った東雲が、勢いよく悠人を抱きしめてくる。長い腕で確かめるように悠人を掻き抱きながら、東雲は唸るような声できっぱりと言い切った。

「私こそ、君にふさわしい男とは到底言えやしない。君の心根の美しさに見合うようなものを、優しさに報いるようなものを、私はなにも持っていない。でも、それでも私は君がいい……！　君と、悠人と共にいたい……！」

「東雲、さ……」

「好きだ……、好きだ、悠人。どうか、私のそばにいてほしい。私と共に、生きてほしい……！」

ぎゅうっと、まるで縋るように悠人を抱きすくめながら、東雲が懇願してくる。

なにもかもをかなぐり捨てて、強く、ひたすらに自分を求めてくれる彼に、悠人は何度も頷いた。

「……っ、はい……！　僕も東雲さんとずっと、ずっと一緒にいたい……っ」

言い切った途端、悠人、と声をかすらせた東雲が唇を重ねてくる。

幾度も、幾度も、幾度も悠人の唇を啄《ついば》み、熱い吐息を零しながら、東雲は繰り返し囁いてきた。

「愛している……、愛している、悠人」

ふわりと前に回ってきた九つの尾が、月明かりからも隠すように悠人を包み込む。

白銀の被毛に埋もれるようにして、悠人は僕も、と微笑みを浮かべたのだった。


ソファの上ですっぽりと白銀の尾に包まれたまま、どれくらいの時が経っただろう。

幾度もくちづけられて少し腫れぼったくなってしまった唇を、それでも夢中で東雲に押しつけて、悠人は甘い吐息を零した。

「ん……、ふ、あ……」

「……ん、ふふ、すっかり蕩けてしまったね」

唇の端から溢れそうになった蜜をちゅう、と優しく吸い上げた東雲が、瞳を細めて囁く。

「君が泊まる客室の用意もさせているが……、離したくない。君を抱きたい」

「……っ」

「……いい？」

穏やかで低い声に、こちらを見つめてくる潤んだ瞳に、背中に回された熱い手に、男の情欲が滲み出ている。

自分に向けられた生々しい欲望も、未知の、しかも本来の性とは異なる行為も、本音をいえば少し怖い。けれど、好きな人を欲しいと思うその衝動は自分も同じだ。

悠人は緊張しながらもこくりと頷いた。

「悠人……、……ありがとう」

嬉しそうに笑った東雲が、悠人を抱きしめていた尻尾をふわりと解いて立ち上がる。つられてソファから立とうとした悠人だったが、それより早く、東雲にひょいと抱き上げられてしまった。

「し……、東雲さん⁉」

両腿をまとめて抱え上げられた悠人は、驚いて東雲の肩に摑まる。しかし東雲はそんな悠人には構わず、楽しそうな表情で部屋の奥の扉へと向かった。

「大人しくしておいで。暴れたら危ない」

「そ……っ、じ、自分で歩けます！　子供じゃないんですから……っ」

誰も見ていないとはいえ、こんなこと恥ずかしす

ぎる。降ろして下さいと訴えた悠人だが、東雲は笑ってそれをいなす。

「もちろん、子供だなんて思っていないよ。君は私にとって世界で一番大事な人なんだから」

「な……、っ」

甘い言葉に赤面している間に、隣の部屋に入った東雲がベッドに悠人を降ろす。ぽふんと背が沈み、慌てて身を起こしかけた悠人だったが、すぐに東雲がベッドに膝を上げてきた。

「し、ののめ、さ……」

「しかし、私の気持ちが伝わっていないとは心外だな。私が君のことを子供扱いしているだなんて、二度と思えないようにしなくてはね」

「……っ」

不穏な言葉に、一体なにをされるのかと思わず身構えてしまう。すると東雲は、ふわりと苦笑を浮かべて悠人の手を取り、丸まった指先にくちづけを落として言った。

「……安心して。君が嫌なことをするつもりはないよ。本当に無理だったらそう言ってほしい。なにがあっても必ずやめるから」

「なにがあっても、って……」

さらりと言う東雲だが、それがどれだけ大変なことか、いくら性体験がない悠人でも、同じ男だからなんとなく想像はつく。けれど東雲は嘘でも冗談でもなく、本気でそうするつもりだろう。

「……なるべく僕も、頑張ります」

「ふふ、そうしてくれると助かる。でも、我慢は禁物だよ」

いいね、と言い聞かせるようにやわらかく目を細めて、東雲が覆い被さってくる。

ほのかなランプの灯りに照らされて艶やかに光る金色の瞳をじっと見つめて頷いた悠人は、落ちてきた唇に自然と目を閉じた。

「……ん、東雲さ……、んん」

上唇、下唇と、丁寧に啄まれ、ちろりと舌先で舐められる。軽く開いた唇と、濡れたやわらかな粘膜との際をちろちろとくすぐられて、悠人は焦れったたさに思わず口を開いていた。

「ん……」

ふ、と笑みを零した東雲が、熱い舌を差し入れてくる。敏感な舌の側面や上顎をそっと舐めくすぐられて、悠人はすぐに東雲とのキスに夢中になってしまった。

「ん、は……、んん、う……」

比べるべくもないけれど、東雲はとてもキスが上手だと思う。薄いのにやわらかい唇で優しく唇を喰まれると、それだけでぼうっと夢見心地になってしまう。

(気持ちい……)

とろんと瞳を蕩けさせながらその首元にしがみついていた悠人に、東雲が唇を触れ合わせたまま囁いてくる。

「ん……、悠人、こちらの腕を」

「……？　っ、あ……」

ふわふわした意識の中、促されるまま離した悠人の片腕から、するりと着物が滑り落ちていく。

(……っ、いつの間に……)

確かに騒動の後、不知火に乱された帯を直すのに簡単に前で結んだだけだったが、それでもいつ帯を解かれたか分からなかった。

狼狽える悠人の口元にくちづけを落としつつ、もう一方の腕からも着物を脱がせて、東雲が自分の着物も手早く脱ぎ去る。

自分の薄っぺらい体とは比べものにならないくらい逞しい東雲の裸に少し頬を赤くしながらも、悠人はその手際のよさに思わずムッとしてしまった。目を据わらせた悠人に気づいた東雲が、不思議そうに聞いてくる。

「ん？　どうしたんだい、悠人？」

「……なんだか手慣れてるなあって」

花街で浮き名を流していたくらいだから、色事に慣れているだろうという予測はついていたが、それでもちょっと複雑な気分になってしまう。

むすりとした悠人に、しかし東雲はなんだか嬉しそうだった。

「もしかして、妬いてくれているの？」

「……だって」

子供っぽいと分かっていても、嫉妬せずにはいられない。唇を曲げた悠人に、東雲が笑う。

「心配しなくても、これからは君だけだよ」

「……本当に？」

本当に、と微笑んだ東雲が、ちょんと鼻先にくちづけてくる。余裕な態度がなんだか悔しくて、悠人はその首を引き寄せながら言った。

「……浮気したら、鈴蘭さんに言いつけますから」

鈴蘭ならきっと自分の味方になってくれるだろう。そう考えての人選だったが、東雲にとっては思った以上に効果があったらしい。

「頼むからそれだけはやめてくれ……。いや、浮気などしないから問題はないんだが、しかしなにかあった時に彼を敵に回したら、二度と悠人に会わせてもらえなくなる……」

呻いた東雲がしょげたように耳を伏せ、ぎゅうっと強く悠人を抱きしめてくる。

なにも隔てるものがなくなったせいで熱くなめらかな肌が直接触れて、それだけでもドキドキするのに、年上の彼が初めて見せる弱り切った顔に、余計に鼓動が跳ね上がってしまう。胸元にぐりぐりと額を押しつけてくる東雲のふわふわの耳を撫でて、悠人は照れ隠しの笑みを浮かべた。

「東雲さんにも怖いものがあるんですね」

そんなに鈴蘭を恐れているなんて思ってもみなかった。そう思った悠人だったが、顔を上げた東雲は苦笑混じりに言う。

「ああ、もちろんだ。今の私は、君を失うことがなによりも怖い……」

「……ん」

伸び上がってきた東雲が、深くくちづけてくる。甘えるように、甘やかすようにやわらかく舌を吸われ、口の中の弱いところを舐めくすぐられて、悠人は東雲の長い髪に指を絡ませて身悶えた。

「ふ……、ん、んんっ、あ……、そ、そこ……っ」

やんわりと唇を噛まれながら指先で胸の尖りを摘

まれると、途端にビリッと電流のような快感が駆け抜ける。慣れないその刺激に、悠人は思わず身を捩って顔を背けた。

「……嫌？」

上を向いた悠人の耳にそっと唇を押し当てながら、東雲が問いかけてくる。はあ、と耳朶で弾ける濡れた吐息にすら感じて、んっと息を詰めながら、悠人はぎゅっと東雲の長い髪を握りしめた。

「い、……嫌じゃ、な……、です……」

「……じゃあ、もう少し」

からかうように囁きながらも、東雲がほっと安堵の吐息をついたのが分かって、悠人は自分から彼に唇を押し当てた。下手くそな悠人のキスに、それでも東雲は嬉しそうに笑みを零して応えてくれる。

「は……、ん、ん！」

今までほとんど気にとめたこともなかったのに、東雲の指先がそこをくすぐる度、甘い痺れが腰の奥に走る。ツンと尖ったそれを指の腹で摘まれ、くりくりと苛められて、悠人はたまらず東雲の唇に噛みついてしまった。

「ひぅ……っ、あっ、ご……、ごめんなさ……っ」

「ふふ、いいよ。情熱的で嬉しいくらいだ」

もっとしてごらん、と唆すような低い声が落ちてきた途端、胸の先をきゅうっと軽く引っ張られる。

「ひぁっ、んんん……！」

今度はどうにか自分の唇を噛んで堪えた悠人だったが、びくっと身を震わせた瞬間腰が跳ね、その弾みで膨らんだ性器が東雲のそれと擦れ合う。ぬるっと滑った熱さに、悠人はこれ以上ないくらい大きく目を見開いた。

「……っ！」

「ああ、すまない。気にしないで、と言っても無理か……」

初心者の悠人に、いきなり自分の欲望を突きつけるつもりはなかったのだろう。ごめんねと困ったように苦笑する東雲を見上げて、悠人はこくりと喉を鳴らした。

「……あの、ぼ……、僕も触って、いいですか？」

「……悠人？」

悠人がそんなことを言い出すとは意外だったのだろう。驚いたように目を瞬かせる東雲に少し気恥ずかしくなりながらも、悠人は思いきって東雲のそこに手を伸ばした。

（……っ、うわ……）

びく、と跳ねた雄は彼の体格に見合ったサイズで、自分のものよりもずっと大きい。くっきりと血管が浮いた幹は太く、下腹につきそうなほど反り返っていて、火傷するんじゃないかと思うくらい熱かった。

（これが、東雲さんの……）

好きな人が自分に欲情している証だと思うと、ドキドキと心臓が早鐘を打って嬉しさと興奮が込み上げてくる。触りたい、気持ちよくしたいという、男としての本能的な衝動に突き動かされるまま、それを両手で包み込んだ悠人に、東雲がそっと声をかけてきた。

「悠人、無理しないでも……」

「さ……、触りたいんです、僕が。あ……、それとも、嫌ですか？」

もしかして、東雲はあまり触られたくないだろうか。思い至って手を引っ込めようとした悠人だったが、東雲はぐいっと腰を寄せて言う。

「……嫌なわけないだろう。君を怖がらせたくなかっただけだよ。私がこんなに昂ぶっていると知ったら、怖くなって逃げてしまうんじゃないかと……。でも、そうじゃないなら」

してくれるかい、吐息だけで囁いた東雲が、悠人の手の中に自身を擦りつけてくる。欲望に濡れた瞳で見つめられ、悠人はそれだけでカーッと全身が燃え上がるように熱くなるのを感じながら、ぎこちなく頷いた。

この人を感じさせたい。自分の手で、気持ちよくなってほしい――。

「こ……、うですか……？」

少し体を下にずらして、両手で東雲の雄茎を扱く。

先走りのぬめりを広げながら、自分でする時に気持ちのいい場所――、くびれの部分や先端を指で少し強めにさすると、東雲が嬉しそうに九つの尾を震わせた。

「……ああ、とても、……いい」

「……っ」

目を閉じた東雲が、艶やかなため息混じりに低い声を濡らす。お世辞や演技ではなく、本当に感じてくれている様子の彼に、悠人は嬉しくなってますます大胆に東雲のそれを愛撫し始めた。

(東雲さん、すごく色っぽい……)

白銀の耳を少し伏せて軽く眉を寄せた彼は、瞳を潤ませながら時折堪えきれないように腰を揺らし、欲望を悠人の手に擦りつけてくる。

自分の拙い手技で東雲が感じてくれている、それが嬉しくて、凄絶な色気を醸し出している東雲を見ているだけで体が反応してしまって。

「っ、は……、ふ、う……っ」

知らず知らずのうちに悠人は自分で腰を揺らし、東雲の雄を握っている手に性器を擦りつけてしまっていた。ぎこちなく、けれどだからこそ淫らに快感を追いかける悠人の姿に、東雲がぺろりと下唇を舐める。

「……随分可愛いことをしているね、悠人」

「え……、……っ！」

言われてようやく自分が痴態を晒していたことに気づき、手をとめて真っ赤になった悠人だったが、東雲はふふ、と笑みを深めて言う。

「でも、この体勢だと動きにくそうだね。……どれ」

「あ……っ？」

広い寝台にころりと横になった東雲が、悠人の体をひょいと持ち上げて自分の上に乗せる。あっという間に体勢を入れ替えられ、東雲を見下ろす形になった悠人は、慌ててしまった。

「あっ、あの、東雲さん……っ」

「この方が動きやすいだろう？　手はこっち。頭はこっちに預けて」

東雲に誘導されて、彼の体を跨ぐようにして膝を立て、その厚い胸元に抱きついて肩口に頭を預けるような姿勢を取らされる。

浮いた腰の間でぬるりと性器が擦れ合う心地よさに、悠人は小さく息を呑んだ。

「……っ」

「ん、これでいい。好きに動いていいよ、悠人」

「い、いえ、あの……っ、うあ……っ」

こんな体勢で腰を振れと言われても、そんな恥ずかしいことできるわけがない。

身を起こして逃げようとした悠人だったが、その時、東雲が自分のそれと一緒に悠人の性器を扱き出す。大きな手でぬちぬちと容赦なく擦り立てられて、悠人はあっという間に東雲の上に崩れ落ちてしまった。

「や……っ、ひうっ、あっあっあ……っ」

「お尻振ってごらん、悠人。……ほら」

くすくす笑いながら言った東雲が、もう一方の手を悠人の腰に添え、下からずりずりと雄茎を擦りつけてくる。先走りでしとどに濡れた熱にぬりゅぬりゅと性感の塊を嬲られ、濃厚なキスをするように蜜をなすりつけられて、悠人はたまらず腰を揺らしていた。

「んっ、んんっ、あ……っ、ふあ、あ、あ……っ」

「ん……、上手だね。とても可愛い……」

ちゅ、ちゅ、と悠人の額やつむじにくちづけを落とした東雲が、はあ、と熱い息を零しながら九つの尾をふわりと前に回し、悠人の背を包み込む。

豊かな尾は彼の体を跨いでいるせいで大きく開いている双丘にまで及んできて、悠人はあらぬところをくすぐるふわふわの感触にカアアッと頬を羞恥に染めた。

「な……、なに……っ」

「この間、指で触ろうとしたら怖がられてしまったからね。まずは尻尾から。悠人は私の尻尾、好きだろう?」

「す……、好きですけど、でも……っ、ふあっ、ああ、駄目、駄目……っ」

なめらかな被毛が、こしょこしょと後孔をくすぐってくる。あんな綺麗な尻尾をそんなところにと思うと恥ずかしくてたまらないのに、一度甘痒さを覚えてしまったそこがうずうずと疼いて、ひくつき始めてしまう。

まだなにも知らないのに、まるで欲しがるみたいに収縮するそこが恥ずかしくて、けれど逃げようとしても前は東雲に気持ちよくされていて、逃げ場なんてどこにもなくて。

「東雲さ……っ、や、も……っ、もう、ちゃんと触って……！　も、痒い……っ！」

こんな恥ずかしい目に遭わせられるくらいなら、指の方がましだ。ひんひんと半ば泣き喘ぎつつ訴えると、東雲が苦笑してこめかみにくちづけを落としてくる。

「……すまない、少し意地悪だったね」

「あ……」

ふわ、と離れていった尻尾にようやく安堵した悠人だったが、東雲は悠人と自分の性器を握っていた手を離すと、仰向けの体勢のまま寝台の横の棚を探り出す。

「確かここに……、……ああ、あった」

呟きながら取り出したのは、小さな瓶だった。キラキラとランプの光に反射するそれに、悠人は首を傾げる。

「それは……？」

「香油だよ。肌に塗るものだから、これならいいだろう」

「いいって……、あ……」

なにが、と重ねて聞こうとした悠人は、瓶の蓋を開けた東雲がとろりとその中身を指先に取るのを見て用途を悟る。口を噤んで真っ赤になった悠人に、東雲が苦笑した。

「さっきは積極的だったが、やはり恥ずかしがりだね、私の可愛い人は。……嫌だったらちゃんと言うんだよ」

悠人の額に唇を押し当てた東雲が、香油でぬるつく指を悠人の背に回す。背筋をつうっとなぞった指先は、そのまま大きく開かれた双丘の狭間に潜り込んできた。

「……っ」

ひたりと後孔を捉えた指先が、ぬるぬるとそこで小さく円を描く。身を強ばらせ、必死に声を呑み込んでいる悠人に、東雲がそっと囁きかけていた。

「悠人、少し上に来られるかい？　……そう、ん、これでたくさんくちづけができる」

嬉しそうに言った東雲が、下から悠人の唇を啄んでくる。最初は後孔を撫でる指先が気になっていた悠人だったが、くちづけが深くなるにつれて、だんだんそちらに意識が移り始めた。

「ん……、んう、んん」

ちろちろとからかうように口の中をあちこち舐められ、蜜ごと舌を吸われると、心地よさに頭がふわふわしてくる。触れ合っている熱い素肌が、ぬるりと擦れ合う昂ぶりが気持ちよくて、もっともっとキスしていたくて。

「んん……、は、あ……、あ……？」

いつの間にか、ぬるんと指先が入り口をくぐっていることに気づいて、悠人は戸惑いの声を上げた。

ぺろ、と悠人の舌先を舐めて、東雲がそっと聞いてくる。

「……ん、痛くない？」

「は……、はい」

怖い怖いと思っていたのに、わずかな違和感はあるものの、そこは痛みもなく東雲の指を受け入れている。狼狽える悠人に、東雲が小さく笑って問いかけてきた。

「よかった。……もう少し奥まで、いい？」

緊張しつつもこくりと頷くと、ありがとう、と目を細めた東雲がくちづけてくる。悠人を再びキスで溶かしながら、東雲は香油を足して少しずつ指先を奥に潜り込ませてきた。

「ふ、あ……、ん、ん」

「……この辺、かな」

呟いた東雲が、悠人の性器の裏側の辺りを探り出す。ぬりゅぬりゅと、まるで香油を塗り込むように内壁を撫でる指先に、悠人は一体なにを、と肩を震わせて首を傾げた。

「ん……、東雲、さ……？　っ、あっ、ひぁあっ」

と、次の瞬間、びりりと性器に鮮烈な刺激が駆け抜けて、目の前が真っ白になる。びゅくりと少量の精を放った悠人の唇に、東雲が目を細めて甘く齧りついた。

「……ああ、ここだね。君のいいところは」

「な……、なに……、あっ、やっ、んんんっ」

なにが起こったか分からず、茫然とする悠人だったが、東雲はそんな悠人に一層目を細めると、捕らえたその膨らみをぐりぐりと押すように撫で擦り始める。ぬるつく指で優しく、けれど容赦なく性感の塊のようなそこを苛められて、悠人はなすすべもなく東雲の上で喘いだ。

「あっ、あっ、や……っ、やだ、やぁ……！」

「……嫌？　もうやめる？」

気遣わしげな声が聞こえて、勢いよく頭を振る。

「やめ、な……っ、ひぅううっ」

経験したことがない快感が怖くて、反射的に嫌だと言ってしまうだけで、やめたいわけじゃない。

「ちゃんと……っ、ちゃんと最後まで、する……！」

誤解してほしくなくて、続けてほしくて、涙目で東雲に縋りつく。広く逞しい肩にぎゅうっとしがみつき、悠人は目の前の唇に懸命にキスを贈った。

「ん……っ、続けて、下さ……っ、が、頑張る、から……！」

「……っ、君って子は……！」

息を詰めた東雲が、くっと眉を寄せて指を引き抜く。どうして、と目を見開いた悠人は、すぐに二本に増えて押し込まれた指に甘い悲鳴を上げた。

「ひぁあ……っ、ああああ……！」

「っ、悠人……！」

呻くような声を発した東雲が、悠人の唇を奪う。深いところで舌を搦めとられながら、揃えた指で体の奥をぐちゅぐちゅと探られて、悠人は夢中で東雲の舌に吸いついた。

「んっ、んうっ、ふうう……っ」

「ん、は……っ、可愛い……、可愛い、悠人」

キスの合間に何度も囁かれる睦言に、達したばかりの花茎がまた新しい蜜を零し、広げられている隘《あい》路《ろ》がぐずぐずにやわらかく蕩けていく。

　全身どこもかしこも熱くて、東雲と触れ合っている全部が気持ちよくて。

「東雲、さ……っ、あ……っ、あ……！」

「……もう一本、増やすよ」

　かすれた声で告げた東雲が、二本の指で中からそこを押し広げ、開いた隙間にもう一本指をねじ込んでくる。一気に増した圧迫感に息を詰めかけた悠人だったが、潜り込んできた指先に先ほどの性器の裏側の膨らみをくすぐられて、すぐに声が蕩けてしまった。

「ふぁああ……っ、あっ、んっ、あああっ」

　あからさまな喘ぎが恥ずかしいのに、そこを優しく擦られるとじゅわじゅわと腰の奥が熱く蕩けて、快感でいっぱいになってしまう。奥を開かれながら香油をぬるぬると塗りつけられ、あ、あ、と堪えきれない喘ぎを漏らす悠人に、東雲がハ……、と熱い息を零した。

「……っ、そんな愛らしい声を聞かされたら、我慢できなくなってしまいそうだ」

　悩ましげに苦笑した東雲が、悠人の唇を幾度も啄んでくる。軽口めいたその言葉に滲む、なにかを堪えるような響きに気づいた瞬間、悠人は衝動のまま告げていた。

「ん……っ、い、いから……っ、我慢、しないで下さ……っ」

「……悠人」

「ちゃんと……、ちゃんと、東雲さんも気持ちよく、なって……」

　ここで、と東雲のための場所になりつつあるそこで、きゅうっと彼の指を締めつける。狭くて熱い粘膜は、もうやわらかく解けて、じんじんと甘い疼きがとまらなくなっている。

　ここに東雲が、欲しい。

　自分ももう、我慢なんてできない――。

「東雲さ……、……っ、東雲、さん……！」

　早く、早くと、東雲が堪えているのと同じ情動の滲む声で恋人を呼ぶ悠人に、東雲がぐっと眉間をきつく寄せて呻く。

「っ、本当にたまらないな、君は……！」

「あ……！」

抜くよ、と囁かれると同時に指を引き抜かれて、ぐるりと体が反転する。ぼふっと再び寝台に背が沈み、思わず目を瞑った悠人が次に目を開けた時にはもう、東雲が覆い被さってきていた。

「……挿れるよ」

「……っ」

燃えるような目をした東雲が、かすれた声でそう告げ、悠人の足を押し開く。膝が胸につくように体を折り畳まれ、無防備に晒された後孔に熱い滾りを押し当てられて、悠人は一瞬息を吞んだ。

しかしすぐに目の前の恋人に抱きついて、頷く。

「は、い……！　して……っ、東雲さんのに、して下さ……っ、あ、あ、あああ！」

言い終わる寸前、凶器のような熱情がそこを割り開き、悠人を貫く。

閉じかけた隘路をこじ開けて進んでくる雄茎に、悠人は反射的に身を強ばらせていた。

「ひ、あ……っ、う、う、う……！」

「っ、く……っ、悠人、息を吐いて、……悠人」

苦しそうに目を眇めた東雲が、そう呼びかけながらくちづけてくる。押し殺した低い声でなだめるように何度も言い聞かせられて、悠人は懸命に息を吐いて体の力を抜いた。

「は……っ、はあ、あ、んん、ん……」

「ん……、そう、上手だよ。……少し、このままでいようか」

はあ、と艶やかなため息をついた東雲が、悠人の腰が浮いているのに気づき、間にクッションを挟んでくれる。ぴたりと動きをとめた彼に正面からぎゅっと抱きしめられ、優しく唇を啄まれて、悠人はかすれた声で聞いた。

「ぜ……、全部……？」

「……半分くらい、かな」

「はんぶん……」

　これでまだ半分なのか、と随分奥にいる気がする雄茎に、思わずくしゃりと顔を歪めてしまう。すると東雲は苦笑を浮かべて、悠人の鼻に自分の鼻を擦りつけてきた。

「焦ることはないよ。いずれちゃんと全部入るようになるからね」

「……今日は全部挿れないんですか？」

　少し呼吸が落ち着いてきた悠人がそう問うと、東雲が困ったように視線を逃がして言う。

「……大丈夫そうなら、ね」

「…………」

　嘘だ。今日はこれ以上奥に挿れる気はないのだと悟って、じとっと東雲を見上げた悠人に、東雲が複雑そうな笑みを浮かべる。

「可愛いから、そう睨まないでくれないかな。私だって、君の全部が欲しいのを堪えているんだから」

「……我慢しないで下さいって、僕言いました」

　ひと呼吸置いたおかげで、いっぱいに広げられたそこの息苦しさもだいぶ薄れてきている。下腹に少し力を入れると、きゅんと内壁が太茎を締めつけて、じゅわんと奥が甘く痺れた。

　しゃぶるような動きに快感が走ったのだろう。東雲が小さく息を詰めて声に艶を滲ませる。

「……っ、こら、悪い子だな。私はまだ、君にこんなことを教えたつもりはないんだが」

「だ……、だって……っ」

　欲しい、と瞳を潤ませて東雲の太い首元にしがみつき、その形のいい唇に吸いつく。彼のやり方を真似て幾度も啄みながら、悠人はうずうずと腰を揺らして東雲を誘った。

「ん、ん……っ、東雲さ……っ、お願い……、奥まで、全部……っ」

「……悠人」

「全部、ちゃんと……っ」

ちゃんと奪って、ちゃんと与えてほしい。

　必死にねだる悠人を欲に濡れた瞳で見つめながらも、東雲が大きなため息をつく。

「……君を最初に買ったのが私でよかった。万が一他の男が君を先に抱いていたら、あっという間に花街一の売れっ子になっていただろうからね」

可愛すぎるだろうと呻いて、東雲がようやく悠人のキスに応えながら告げる。

「ん……、苦しかったらすぐに言うんだよ」

「は、い……っ、あ、あ、あ……！」

揺れる腰を摑んだ東雲が、ぐずぐずに蕩けた中に雄を押し込んでくる。ぐちゅっぬちゅっとはしたない蜜音が上がる度に膨れ上がった熱杭が狭い隘路を擦り立ててきて、悠人は目が眩みそうなその快楽に爪先をきゅっと丸めて東雲にしがみついた。

「しの、のめさ……っ、は……っ、あ、ああっ！」

「もう、少し……っ、……っ！」

ぐっぐぐっと腰を送り込んで少しずつ、少しずつ悠人の奥まで穿っていった東雲がやがて、はあ、と濡れた吐息を零す。

「……全部、入ったよ、悠人」

「は……っ、あ、あ……？」

「大丈夫かい？」


白銀の耳を少し伏せ、悠人の頰にくちづけてきた東雲が、じっと目を見つめてくる。悠人は懸命にその背を抱きしめて笑い返した。

「嬉し、です……、大好き、東雲さん」

「……またそんなことを言って」

まったく、と苦笑した東雲が、ふわりと背後の尾を揺らし、唇を重ねてくる。ん、と悠人の舌を甘く吸って、東雲はやわらかく目を細めて告げた。

「私の方こそどれだけ嬉しいか。……どれだけ君を愛しているか。……愛している、悠人。どんなに言葉にしても足りないくらい……」

「東雲さ……、ん、んあ、あ、あん……っ」

深く抱きしめられたまま優しく奥を突かれて、悠人はたちまちとろんと蕩けてしまった。大きな体に覆い被さられると、もうなにもかもが東雲だけになってしまう。

見えるのは彼の綺麗な瞳だけ、分かるのはそのあたたかな香りだけ、聞こえるのは自分を愛でる睦言だけ、感じるのは熱い肌と、甘い蜜の味だけ——。

「んんっ、は……っ、東雲さん……っ、あ、あっ」

「ん……、ふふ、こんなに濡れて」

「ふああ……っ」

九つの尾の一つをくるりと前に回した東雲が、ふわふわのそれで二人の間で揺れる悠人の性器をくるりと搦めとる。極上の被毛で、弾ける寸前の花茎を優しくくすぐられて、悠人は懸命に東雲を押しとどめようとした。

「だ、め……っ、尻尾、汚れちゃ……っ」

「気にすることないのに。私はもう悠人のものなんだから、好きなだけ汚していいんだよ、ほら」

ちゅ、と悠人の唇の端にくちづけながら、東雲がゆっくりと腰を引く。ぬるう、と張り出した雁首で蜜路を擦り上げた東雲は、そのまま悠人の性器の裏側の膨らみをぐりぐりと嬲ってきた。

「んあっ、あっ、や、や……っ、駄目……っ、だ、め……！」

途端に込み上げてきた射精感に、悠人は首を振って抗った。ねっとりと淫靡に腰を回しながら、東雲が目を細めて囁く。

「いいから、このまま気持ちよくなって、悠人」

ぬちゅぬちゅぬちゅぬちゅと、追い上げるようにそこばかりを狙って小刻みに突かれる。しかしそれでも、悠人はぎゅっと目を瞑って頭を振った。

「あああ、ああっ、や……っ、や、や……！」

「……悠人？」

悠人の様子がおかしいことに気づいた東雲が、ぴたりと動きをとめる。は、はっと息を荒らげながらも東雲に抱きついて、悠人は訴えた。

「東雲さん、も……っ」

「……っ」

「東雲さんも、一緒に……！」

「悠人……！」

ようやく悠人の意図を悟った東雲が、再び深くまで貫いてくる。ぐちゅんっと一気に全部を満たされ、喰らいつくように唇を奪われて、悠人は夢中で東雲に四肢を絡みつかせた。

「んんっ、んうっ、あっあっあ……！」

「悠人……っ、ああ、愛している、悠人……！」

余裕もなにもかなぐり捨てた男が、がむしゃらに悠人を抱きしめ、ただただ貪ろうと熱杭を打ちつけてくる。

全身が燃え上がるように熱くて、気持ちがよくて、悠人は今度こそ恋人と同じ快楽を享受した。

「んぁあっ、んんんんん……！」

唇を塞がれ、ぎゅっと瞑った瞼の奥で、白い光が明滅する。びゅるっと精を滴らせた瞬間、一番深い場所で灼熱の塊が弾けて、東雲が低く呻いた。

「ん……！　く、あ……！」

「んっ、は……っ、あ、んん、ん……！」

力強い腕に抱きすくめられ、ぐっぐっと腰を送り込まれながら奥に射精される。注ぎ込まれるねっとりと濃い白蜜に指先まで溶けてしまいそうで、悠人は東雲にしがみついたまま幾度も体を震わせた。

「ふぁ、あ、あ……」

「……悠人」

悠人を見つめる東雲の瞳が、金色に煌めく。


深い夜の闇を晴らす、明けの明星のようなその美しい輝きを見つめ返して、悠人は落ちてくる唇をそっと、受けとめたのだった。

——高い空に、薄雲がたなびいている。

店先に暖簾を出した悠人は、清々しい朝の空気を胸いっぱいに吸い込んで、よしと気合を入れた。

（……今日も一日、頑張らないと！）

作務衣の上からつけた帆前掛《ほまえが》けの紐をきゅっと結び直して、悠人は店の外に並んでいた人たちに笑いかけた。

「お待たせしました！　先頭の方からどうぞ！」

穏やかな風に翻る暖簾には『稲荷屋』と楽しげな字が踊っている。

城下町の一角にあるこの店は、つい先日開店したばかりの稲荷寿司専門店だ。店主はもちろん、悠人である。

——悠人が東雲の恋人になり、城で暮らし始めて数ヶ月が経った。

あの後、すべては概ね東雲が言っていた通りになった。

鈴蘭の手によって開けられた金庫からは、浮島の隠し財産の他、花籠の色子たちに無理矢理結ばせた法外な利子の借用書が見つかった。財産をすべて没収され、他にも裏帳簿など不正の数々が明るみに出た浮島は、一生牢から出られることはないだろう。

浮島以上の余罪が次々に見つかった不知火は、九尾の狐一族により、その能力を封じる特殊な呪いを施された上で、厳重に牢に閉じこめられている。金儲けのための不正にとどまっていた浮島と違い、不知火の身辺では行方不明者や不審死なども多数起きており、終身刑以上の刑罰が科せられることは間違いなかった。

花街でも一、二を争う大店だった花籠の騒動は大きな問題となり、東雲主導の元、花街自体も制度を改めることとなった。人権を無視するような扱いを受けていた色子たちの処遇も改善され、夜の色町は活気を取り戻している。

花籠の色子たちの借用書は正式に無効となり、解放された色子たちはそれまでの稼ぎをそっくりそのまま返金された上、東雲から支度金が見舞われた。喜んだ色子たちはそれを元手に商売を始めたり、田舎に帰ったりとそれぞれの道を歩み始め、悠人はしばらくの間、彼らの奉公先を一緒に探したり、新しく商売を始めた者の手伝いをしたりしていた。しかし、状況が落ち着くにつれ、自分でもなにか商売をしてみたいという思いが膨らんでいったのだ。

東雲の伴侶として迎えられた悠人だが、自分はまだこの国のことを知らない。政の勉強を始める前に市井の人たちの暮らしを知りたいし、ただ東雲に庇護されるのではなく、ちゃんと自分で自立したい。そう考えた悠人に東雲も賛成してくれて、それなら稲荷寿司屋はどうかと提案してくれたのだ。

花街で流行ったし、きっと城下町でも繁盛するよ、なにより悠人の稲荷寿司は本当に美味しいからね、と――。

(最初はちょっと不安だったけど、でも東雲さんの言う通りだったなあ……)

東雲の読みは大当たりで、悠人が自分に分配された支度金で始めた『稲荷屋』は連日大繁盛している。早い時はお昼前に完売してしまうため、最近では毎朝開店前から行列ができる人気ぶりだ。

最初は耳ナシの自分が商売をしてうまくいくのかと不安もあったが、異世界の珍しい料理を食べられるという評判が評判を呼び、今では誰も悠人のことを耳ナシと蔑んだりしない。

しかも。

「お次の方、ご注文どうぞ！」

店頭で元気よく接客しているのは、店を手伝ってくれているリンだ。田舎にたくさん弟妹がいるリンは、城下町の方が稼げるからと働き口を探しており、悠人が店をやるならと一緒に働いてくれることになった。そして――。

「五目稲荷が五個ですね。こちらの梅紫蘇もお勧めなんですが、いかがですか？」

僕の大好物なんですと、艶やかな笑みを浮かべてお客さんから追加の注文を引き出しているのは、鈴蘭である。今までの稼ぎを返金され、一生働く必要がないほどの大金を手に入れた鈴蘭だったが、暇だし面白そうだからと手伝ってくれているのだ。

厨房には花籠の料理人だった太兵衛もおり、店で出す稲荷寿司は主に太兵衛と悠人が作っている。花街で腕を振るっていただけあって、太兵衛は悠人では考えつかないような具材の組み合わせや見栄えのいい盛りつけ方を提案してくれており、『稲荷屋』の稲荷寿司の評判は鰻登りだった。

「お待たせしました。お気をつけてお持ち帰り下さいね！」

並んでいた最後のお客さんに稲荷寿司を手渡し、ありがとうございましたと見送った悠人は、ぐーんと大きく伸びをする。

「んー、お客さんの波も引いたかな。残りも少なくなってきたし、二人ともそろそろ休憩どうぞ」

あとは自分がやっておくからと声をかけた悠人だが、鈴蘭とリンは揃って首を横に振る。

「なに言ってるの。悠人こそ、朝からずっと働いてるんだからちょっと休んでおいで」

「そうだよ。こっちはオレと鈴蘭さんで大丈夫だから……」

と、その時、ひょいと暖簾をくぐって、懐かしい人が顔を出す。

「……シラス、まだある？」

「紫苑さん！　お久しぶりです！」

着流し姿の紫苑に、悠人は声を弾ませた。

普段は城で暮らしている悠人だが、東雲の元で主に諜報部隊として働いている紫苑とは、なかなか顔を合わせる機会がない。たまの休みにこうして店を訪れては好物のシラスの稲荷寿司をたくさん買っていってくれるので、悠人はいつも多めにシラスの稲荷寿司を作っていた。

「もちろん、まだありますよ。いつも通り、シラス大盛り！」

「じゃ、十個」

無表情ながら、その長い尻尾は嬉しそうにゆらゆら揺れている。悠人は手早く稲荷寿司を竹皮に包みながら、にこにこと聞いた。

「はい、十個ですね。今日はお休みなんですか？」

どうぞと手渡された稲荷寿司を早速ぱくりとやり

ながら、紫苑が頭を振る。

「いや、違う。……護衛中」

「えっ、護衛って……」

まさか、と店の入り口を見やると、ちょうど長身の男が二人、暖簾をくぐって現れたところだった。

「やあ。繁盛してるようだね、悠人」

「……東雲様、少しだけですからね」

にこにこと笑みを浮かべる東雲の後ろで、平助が仏頂面をしている。

お忍びなのだろう、東雲の耳と尻尾は焦げ茶混じりのあたたかな黄色で、いつもの着流しに派手な打ち掛けを肩にかけていた。その肩には真っ白な黒鉄もいる。

「いらっしゃいませ、東雲さん、平助さん。……黒鉄も」

カア、と自分も忘れるなとばかりに主張する黒鉄に笑いかけた悠人に、東雲が目を細めて告げる。

「近くまで来たから、お昼ご飯にと思ってね」

まだ残っていてよかったと微笑む東雲に、平助がため息混じりに言う。

「また白々しい嘘を……。最初からここを目指していらしたじゃないですか」

「おや、気づかれていたか」

「隠すつもりもなかったでしょうに」

睨む平助をさして気にした様子もなく、東雲がまあねと肩をすくめてみせる。相変わらずな二人に、悠人はくすくす笑ってしまった。

忙しい政務の合間を縫って、東雲は今もこうしてお忍びで城下町や花街を見回っている。店が休みの時には悠人も一緒に出歩き、村の畑仕事を手伝っては泥だらけになって平助に二人で叱られたり、護衛を撒いてこっそり祭りに参加したりと、穏やかな日々を過ごしていた。

花街の中にある、あのお寺の奥の泉にも何度か行ったが、元の世界の様子はもう見ていない。

きっともうあれから何百年も経ってしまっただろうし、それに自分はこの世界で生きていくと決めたから――。

（……僕の居場所は、ここだ）

改めてそう思って、悠人はさて、と東雲に向き直った。

「お稲荷さん、今日はなんにしますか？　やっぱり東雲さんは五目で、平助さんは鶏牛蒡《とりごぼう》？」

二人の好きな稲荷寿司も、まだ残っている。黒鉄は煎り銀杏ね、と翼を広げた黒鉄に笑った悠人に、東雲は少し思案しつつ言った。

「そうだね……、でももう少ししか残っていないようだし、全部もらおうかな」

「えっ、全部ですか？」

あと少しとはいえ、二人で食べるにはさすがに多すぎる。驚いた悠人に、東雲は悪戯っぽく微笑んで頷いた。

「ああ。それで、皆で花見にでも出かけないかい？　町外れの川辺の桜がちょうど見頃なんだ」

「っ、それいいですね！　鈴蘭さん、リンも、どうかな？」

ちょうどお客さんも途切れたところだし、明日はお店が休みだから、仕込みの必要もない。

東雲の提案に顔を輝かせた悠人に、鈴蘭もいいねと頷く。

「今日はあたたかいから、お花見日和だしね。せっかくだから市場でお酒とつまみも買っていこうか」

「あっ、じゃあオレ暖簾下ろしてくる！」

張りきった様子でリンが駆け出そうとした、その時だった。

「ゆうちゃん！」

高い声が響き、店に小さな女の子が転がり込んでくる。

赤い浴衣姿のその子は、小さな焦げ茶色の耳と、まるっとした尻尾を生やした仔狸、綾だった。

「綾ちゃん？　あれ、お父さんは？」

近くの村に住む綾は、毎朝市場に野菜を売りに来る父親に連れられて、よくこの店に来てくれている。帰り道に父親と一緒に稲荷寿司を食べるのを楽しみにしているらしく、お気に入りはリンと同じ栗おこわだ。しかし今日は、その父親の姿が見当たらない。

まさか一人で来たのかと悠人が訝しんだその時、息を切らした綾の父親が店に駆け込んできた。

「待ちなさい、綾……っ！　先に行ったら駄目だって……っ」

どうやら今日も俊足の綾に追いつけなかったらしい。はあはあと必死に呼吸を整えている父親に、綾が小さな口を尖らせて言う。

「とと、おそい！　はやくしないと、おいなりさんうりきれちゃうでしょ！」

しっかりしてよねと言いたげな綾に思わず笑ってしまいつつ、悠人はそうだと思いついて言った。

「綾ちゃん、お父さんも、よかったら一緒にお花見に行きませんか？　僕たち今、ちょうど残りのお稲荷さんを持って、町外れの川辺に桜を見に行こうって話してたんです」

時間があったら、と誘った悠人に答えたのは、父親より綾の方が早かった。

「いく！　ゆうくんとおはなみ、する！」

ぴょんぴょんと跳ねた綾が、きゃあっと歓声を上げて悠人に抱きついてくる。苦笑した父親が、綾をたしなめながら頷いた。

「では、お邪魔させてもらってもいいですか？」

「よっし、決まりだな！」

今度こそと、リンが暖簾を下ろしに走る。太兵衛にも声をかけてくるね、と鈴蘭が厨房に行くのを見送りつつ、東雲が言う。

「先に市場に行って、酒と肴《さかな》を見繕ってくるよ。もちろん、甘いものもね。……さて、お姫様はなにが食べたいかな？」

「ごしきあめ！」

しいちゃんとおててつなぐ、と東雲に小さな手を伸ばした綾に、父親がおろおろとついていく。

「綾、東雲様にそんなおねだりは……」

「ああ、気にしないでいい。……甘やかすのが好きなのはもう、あの方の性分だから」

性分は直らないからなと諦め顔で続く平助に、そうそうと頷きながら紫苑もくっついていく。賑やかな一行に笑ってしまいながら、悠人は簡単に店じまいをして、本日売り切れの看板を表に出した。

「よいしょ、……っと」

——と、屈んだ悠人の懐から、ひらりと一枚の写真が落ちる。

小さなその写真は、左右から両親に抱きしめられ、満面の笑みを浮かべた幼い頃の自分の写真で——。

(……父さん、母さん)

拾い上げた写真を見つめて、悠人は微笑んだ。

遠い、……遠い空を見上げて、心の中で呟く。

(ずっと見守ってくれて、ありがとう。僕はこれからもこっちで元気に暮らしていきます。……大事な、大好きな人たちと一緒に)

道の向こうで、買い物を終えたらしい東雲たちがこちらに向かって手を振っている。

大きく手を振り返して、悠人は駆け出した。

自分の選んだ、自分で摑んだ、未来に向かって。

あとがき

こんにちは、櫛野《くしの》ゆいです。この度はお手に取って下さり、ありがとうございます。

今回は異世界の遊郭が舞台でしたが、いかがでしたでしょうか。私はもう、書いていてお稲荷さんが食べたくて食べたくて！　我慢できず何度かお昼ご飯が稲荷寿司になりました。異世界も遊郭も関係ないですね（笑）

気を取り直して、異世界の遊郭ものとかどうでしょう、とお題をいただいた時に真っ先に思い浮かんだのが、攻めの東雲《しののめ》さんでした。こういう色気のある年上攻めはなかなか書く機会がなかったのですが、遊郭ものだったらこういう攻めもありだよねと、とても楽しく書きました。受けの悠人《ゆうと》くんはまさにシンデレラですね。異世界にトリップしてしまった彼ですが、ちゃんと自分で生きる場所を選んで幸せを掴み取ってくれたので、書きながらよかったねとほろりとせずにはいられませんでした。

脇を彩ってくれた個性的な面々も、書いていてとても楽しかったです。特に鈴蘭《すずらん》やリンは、悠人を助ける強い味方になってくれて、悠人はこの人たちに出会えて本当によかったなと思いながら書いていました。敵の不知火《しらぬい》さんも、なかなか書かないタイプで新鮮でした！　悪い人なんですが、抗いがたい魅力のある人でお気に入りです。

さて、駆け足ですがお礼を。挿し絵をご担当下さった八千代《やちよ》ハル先生、この度は美麗なイラストをありがとうございました。特に東雲さんは、八千代先生の長髪攻めが見られる、ととても楽しみにしながら書いていたのですが、ラフの段階から本当に美しくて色気が溢れていて、こんな人が花街歩いてたらそりゃ目立つよね、と納得の色男ぶりでした。可愛い悠人も、東雲さんとの体格差が最高です。本当にありがとうございました。

いつも素早い返信を下さる担当様も、ありがとうございます。お仕事が速くて丁寧で、しかも褒め上手でいらっしゃるので、ついつい長く書きすぎてすみません。案の定二段組になりました。収まってよかった……。

最後までお読み下さった方も、ありがとうございました。一時でも楽しんでいただけたら幸いです。よろしければ是非ご感想もお聞かせ下さい。

それではまた、お目にかかれますように。

櫛野ゆい　拝

CROSS NOVELSをお買い上げいただき
ありがとうございます。
この本を読んだご意見・ご感想をお寄せください。
〒110-8625
東京都台東区東上野2-8-7　笠倉出版社
CROSS NOVELS 編集部
「櫛野ゆい先生」係／「八千代ハル先生」係

CROSS NOVELS

異世界遊郭物語 ～銀狐王の寵愛～

著者

櫛野ゆい

2020年11月23日　初版発行　検印廃止

発行者　笠倉伸夫
発行所　株式会社　笠倉出版社
〒110-8625　東京都台東区東上野2-8-7　笠倉ビル
[営業]TEL　0120-984-164
FAX　03-4355-1109
[編集]TEL　03-4355-1103
FAX　03-5846-3493
http://www.kasakura.co.jp/
振替口座　00130-9-75686
印刷　株式会社　光邦
装丁　磯部亜希
ISBN　978-4-7730- 6060-7
Printed in Japan